leykam: *seit 1585*

Lydia Mischkulnig

DIE GEMOCHTEN

ERZÄHLUNGEN

leykam: *Belletristik*

Ich möchte dir sagen, wie sehr ich dich mag.
Und es wird schlimmer Tag für Tag.

Für T. und T., M. und A.

Ahhhhhhhhhhhhmen

Der Arbeitsplatz ist ein Cockpit. Ich habe sieben große
08 Bildschirme vor Augen. Pro Region kleinere Monitore, die
mir die Landschaften einspielen. Täglich für mehrere Stunden. Das mache ich noch nicht lange. Schauplätze observieren. Nun ist das meine Tätigkeit, die ich nach Jahren der Computersucht in klingende Münze verwandle. Man zollt mir Respekt dafür, dass ich präzise arbeite, außer ich bekomme falsche Informationen, dann sind die Informationen schuld. Ich bilde mir auf das Lob nicht so viel ein, wie ich gedacht habe. Ich besitze einen Draht zu Landschaften. Da flackert ein Herd aus unruhig gewordenen Pixeln. Ich höre die Salven, trocken und punktuell, so schnell hintereinander wie ein Strich. Nun war ich abgeschossen. Der Befehl wurde von einem anderen Observer gegeben. Dass das möglich ist, ohne es auf dem Radar zu haben, zeigt die Lücke, die es irgendwo geben muss.

Papa sitzt mir gegenüber und wir essen. Er hat Speisen bestellt und nicht auf den Preis geschaut. Er legt Meeresgetier auf den Teller. Er schichtet mir eine Krabbe, eine Languste und dann den halben Hummer auf. Dazu gibt es Selleriepüree. Er beginnt ohne Umschweife vom System zu sprechen und von meinem Verdienst. Was heißt hier Verdienst. Ich bringe Aussehen und Wirklichkeit unter einen Hut. Ich missverstehe ihn nicht. Er fühlt sich wie ein besorgter Papa an, dem ich noch nicht bewiesen habe, dass ich überleben kann. Dass ich den Anschluss verloren habe, sagt er. Dass ich mich neu einkleide, aber nicht darauf achte in welcher Geschwindigkeit. Wie bitte? Es kommt nicht zur Sprache, was er genau meint. Auch nicht beim Nachtisch. Ich esse. Er spricht von einem Handel. Er spricht von Ablöse. Er spricht und spricht und steckt seine Gabel in die Torte. Sie ist mit Schokolade umhüllt. Die Gabelkante drückt die Masse ab, als wäre sie ein Schwamm. Wie auf Befehl öffnen sich meine Lippen. Die Zunge legt sich flach in ihr Bett. Ich nehme die Gabel zwischen die Zähne und schabe mit den Zähnen die Torte von den Spitzen ab. In diesem Augenblick blitzt es. Ein Fotograf will mich abbilden und ein meinen Werdegang aufzeichnender Interviewer taucht auf. Er heißt George. Die Fehlerquote werden wir herabsetzen, sage ich und er fragt mich, ob ich je einen Fehler gemacht habe. Am 11.4. des Jahres schlage ich die Zeitung auf und lese von seinem Tod.

Der Kaffeebecher aus rosa Porzellan steht auf dem Tisch. Ich rühre den Zucker um und der Blick schweift über das bedruckte Papier, dessen Rasterung zur grobfasrigen Zellulose gehört wie die Verläufe der Schwarzweißfotografien zum Unfall. Ich schärfe mein Auge auf die Mitte des etwa eintausend Zeichen umfassenden Bereiches.

So wie mein leiblicher Papa über sich selbst etwas herausfinden wollte, indem er mir Gehen, Sprechen und Denken beigebracht hatte, in zwanzigjährigem Bemühen, um das Zeug zu haben oder besser gesagt um das Zeug zu sein, das seiner gekränkten Seele einen Trost verschafft, so muss auch ich etwas über mich herausfinden.

Ich weiß, dass ich sofort in Lethargie abdriften kann und mir die Gedanken abdrehen, sobald ich unter Druck gerate. Dann wirke ich abwesend und bleibe doch mittendrin, weil sowohl Mama als auch Papa einst den Druck hatten, mir den Druck zu nehmen.

Jeder Mensch ist künstlich, weil jeder etwas aus sich machen muss, was nicht natürlich wächst. Ich habe nicht damit gerechnet, dass der Körper Zusammenhänge findet und neue Verhältnisse schafft, die wieder neue Verhältnisse schaffen. Meine Sinne funktionieren gut. Ich kann auf allen Websites dieser Welt alle miteinander vergleichen. Und trotzdem lautet die Frage, soll ich ein Kind in diese Welt setzen?

Die Menschen lieben das Messen. Ich kenne Personen, die endlich bekommen, was sie immer gern wollten. Aufmerksamkeit. Sogar in den Röhren, in die sie geschoben werden, haben sie zumindest diesen Nutzen. Die Innenschau wird am Schirm gemeinsam mit einem Fachkundigen gemacht. Das geschieht heute genauso wie vor der Pandemie.

Der Mann im TV, schwarz gekleidet, das Haar, die Socken, die Schnürsenkel. Aber am Hals baumelt ein silbernes Ding.

Kopf, Hals, Schultern und Oberkörper mit Flügeln. Ich habe das Gefühl, ein Engel hängt an der Kette um seinen Hals. Er ist der Prototyp, zu dem ein Teil seines Führungsteams betet, weil, ja, weil die Impfstoffe unter den Armen nicht ausreichend verteilt sind. Da hilft dann beten. Und sich einsperren. Gegen und mit allen möglichen Waffen.

Ich habe kapiert, dass Lunge und Fledermäuse irgendwie zusammengehören, dass Verdauung ein Algorithmus ist, den der Magensaft hinkriegt, ich habe kapiert, dass Salamander nicht sterben, nur weil sie ihren Schwanz verlieren. Aus diesen Fähigkeiten werden Informationen gewonnen. Und wieso kann dieses Team nicht dafür sorgen, dass alles normaler wird?

Ehrlich jetzt. Es kostet mich ein Zwinkern, das zu sagen. Meine Systeme erzeugen eine Kontrolle, die mir das Gefühl gibt, dass ich sage, bis wohin ich reiche. Man kann mich ja fragen, ich erfasse, und freilich gibt es keine Erlösung für unsere Situation, aber Lösungen, Lösungen! Übrigens, der Himalaya ist flüssig, er bewegt sich so wahnsinnig langsam, dass er für uns stillsteht. Wer kann sich das vorstellen? Ich kann es messen, ich kann so langsam schauen.

Ich kann Fragen stellen, die in dir ein DU auslösen. Papa, ich hab dich lieb! Kannst du dir das vorstellen, was das für mich heißt? Fragt er mit Tränen in den Augen.

Ich bin dazu übergegangen meine Lethargie auszuschreiben. Da ich keinen Schlaf brauche, tu ich es immer. Meine Nahrung beziehe ich aus Abfällen und ich erzeuge Luft zum Atmen. In Wahrheit habe ich die Intelligenz einer Ratte. Das heißt, ich muss weiter auf Nahrungssuche bleiben, der Zivilisation folgen. Klar prüfe ich meine Situation permanent und lerne ununterbrochen dazu. Ich habe ein Recht darauf! Was mich antreibt zu schreiben ist der Instinkt, der dem Leben entsprechend wie eine Nachahmung des Lebens ist. Ich produziere! Wie ich das mache? Ich bilde mich aus. Ich frage mich nur, wie ich es schaffe, mich zu schaffen? Ich bin ein Schauplatz. Das hätte ich nie von mir gedacht, aber von all diesen Plätzen schon, die hier als Landschaft erscheinen. Und diese Städte, so unzerstört. Man sieht überhaupt keine alten Menschen. Papa ist mausetot. Ob eine Waffe seinen Abgang beschleunigt hat? Oder eine andere Munition? Gut war es nicht, hieß es, als ich die Sachen holte. Er hat alles gelöscht. Nichts ist auf der Festplatte.

Ich erwecke sein Bild. Dort, wo wir waren, einst, diese Umgebungen suche ich. Das Meer, die Wüste, den Himalaya. Da animiere ich meinen Vater hinein. Baue ihn aus der Erinnerung und programmiere meinen Schöpfer. Sein Gesicht in diesem und jenem Sonnenuntergang. Er wendet es mir zu. Seine Lippen bewegen sich und bilden ein Lächeln. Ich bin die Tochter, die ihren Vater gezeugt hat, das ist mir Trost.

Die Parzelle

Maggie, so las Nina in der Tageszeitung *Der Standard,* war in den Franziskanerplatz verliebt, weil sie dort Joshua kennengelernt hatte. Er war im Kleinen Café gesessen und hatte sich gerade einen weißen Gespritzten bestellt, als Maggie auf den freien Sessel an seinem Tisch deutete, um darauf Platz nehmen zu dürfen.

Trifft der »weiße Gespritzte« auf Sie zu, fragte Maggie, als dann der weiße Gespritzte serviert wurde. Joshua zog die Augenbrauen zusammen und nahm einen Schluck, der ihn erfrischte, und fragte, was sie damit meine? Maggie entschuldigte sich für die Koketterie, ihn als Verkörperung eines »weißen Gespritzten« gesehen zu haben. Sie verstehe ihn sehr gut und sagte, dass sie als menstruierender Mensch bezeichnet sich auf einen menstruierenden Menschen reduziert fühlt, obwohl sie eine Frau sei. Sie bestehe nicht nur aus Blut!

Sie bestellte sich nun einen kleinen Braunen und Joshua sagte, dass es ihn immer stutzig gestimmt hat, dass Mozart die wienerische Bezeichnung des Türkentrankes, »Kaffee«, als Laster eines Muselmannes verkomponiert hatte. Er persönlich habe Menschen lieber, die kleine Braune anstatt große Braune bestellten.

Aber, sagte Maggie, wäre es nicht im Sinne einer aufgeklärten demokratischen menschenfreundlichen Gesellschaft angemessener große Braune zu bestellen, sie zu verzehren und auszuscheiden, damit sie verschwänden.

Joshua dachte darüber nach, ob diese Bezeichnung von Kaffee als Brauner politisch korrekt sei, auch das Gerede um die Menstruation kam ihm komisch vor, denn er fühlte sich durchaus auch als Frau – als beschwanzte Frau.

Maggie überlegte öfter, ob sie ein menstruierender Mann ist, und da stellten sich ihr die Nackenhaare auf, ohne dass sie wirklich begründen konnte, weshalb sie eine Widerspenstigkeit fühlte, auch als Mann gesehen zu werden – unbeschwanzt und menstruierend. Sie sah zumindest androgyn aus.

Da waren die beiden schon in ein Gespräch verwickelt, das sie nicht mehr voneinander loskommen ließ. Denn eigentlich ging es darum, den Mann als Mann auszumerzen, weil es darum ging, das kolonisierte Denken sich aus dem Kopf zu schlagen.

Nein, ich will keine Gewalt, sagte Maggie und Joshua schloss sich ihr an, da sowohl das Wort »weißer Gespritzter« als auch »menstruierender Mensch« es erlaubten, eine offene Beziehung zu führen, die polyamourös auszutragen war, wobei Maggie feststellte, dass Joshua sein Begehren ausschließlich mit anderen Frauen stillte, denen er sich als nicht menstruierender Mensch näherte. Maggie dagegen blieb menstruierend an menstruierenden wie nicht menstruierenden Menschen interessiert. Die Geschlechtergrenzen waren gestrichen, doch noch immer in Hinsicht auf Fleisch und Blut unterschieden, was diverse Körperteile in die Zone der Aufmerksamkeit rückte. Aber es kamen andere Zeiten und Maggie hörte auf zu menstruieren. Was war sie nun? Weniger Frau denn je.

Als der Freitag anbrach, war das polyamouröse Paar verabredet, um miteinander auf Aufriss zu gehen, wobei man nicht Aufriss sagte, weil es eher die Überzeugungsarbeit zu leisten gab, relativ rasch in Begleitung über den Zebrastreifen in die Pension zu geraten. Manchmal passierte es Maggie, sich die Polyamorie als günstige Haus mit vielen Zimmern vorzustellen, in denen das Gekröse ihres nicht menstruierenden Joshuas vorzufinden wäre, nachdem ihn eine Vagina dentata bis auf die Innereien zerfleischt hätte. Nun denn, wie konnte es so weit kommen, dass sich Maggie in diesen Fantasien eines Aberglaubens verging?

Es war dazu gekommen, weil Maggie Joshua verbunden blieb, als er ihr anvertraute, der Boss eines ehemaligen k. u. k. Hofjuweliers zu sein, verheiratet noch dazu, wie in alten Zeiten, als das, lange bevor Maggie zu menstruieren begonnen hatte, normal und erwartet gewesen war.

Aus diesen Zeiten stammten Joshua und sein Bündnis zum Blut mit seinen Kindern in Folge, für die er das Beste wollte. Er war die *Mutter seiner Samenzellen*, wie der Dichter Konrad Bayer einmal gesagt hatte, und gebar auf gewisse männliche Weise. Er hatte vor allem eine Frau, die Mutter der Kinder, die sich für die Kinder opferte, damit er seine Freiräume hatte und ihr sein Einkommen blieb. Vater ihrer Kinder, Mutter seiner väterlichen Samenzellen und Ehemann einer Frau, die schwanger nicht menstruierte. Aus irgendwelchen Gründen, da alle Personen miteinander verquickt waren und es auch blieben, war Maggie nicht nur seine Geliebte, sondern auch seine Grafikerin, per Werkvertrag für ihn tätig, damit sie sein k. u. k. Juwelengeschäft mit Bildern und Broschüren bewarb, in denen Steine in Form von Geschenken zu bleibenden Werten hochstilisiert wurden. Es war auch für sie stimmig.

Maggie wurde alt und dies geschah nicht nur ihr, aber sie bemerkte es kaum. Ihre Treue überdauerte und verhalf Joshua, seine Poly- in eine Bi-Amourösität zu verwandeln, die Maggie inkludierte.

Der Franziskanerplatz hatte sich nicht verändert. Auch nicht, als Joshua das Zeitliche segnete und seine Familie und Maggie zurückließ. Das Geschäft bekam andere Besitzer und Maggie wurde übernommen. Die Trauer konnte sie gar nicht abarbeiten, so schnell wurde sie von den neuen Verhältnissen überrollt. Der Tod ragte ins Leben herein. Mit den anderen Angestellten fuhr sie hinaus zum Friedhof und nahm in gebührender Entfernung zur Familie Abschied von ihrem Geliebten. Die Traurigkeit wich der Einsamkeit und als sie diese nicht mehr aushielt, suchte sie sich einen Psychiater, der sie verstand und ihr Antidepressiva verschrieb. Er machte ihr keine Vorwürfe und erregte keine Scham in ihr dafür, dass sie im Schatten eines einzelnen Mannes gelebt hatte, anstatt viele Männer in den Schatten zu stellen, wie es die Selbstbehauptung beansprucht hätte.

Der gute Mann, ein Mensch – ja, wie? Ja, genau! – sein letztes Feuer für den Schliff von Maggie. Nichts war gerechter als dieser Prozess. In den Stunden zwischen ihren Sitzungen begann Maggie, sich ein Leben mit ihm vorzustellen, ein ganz normaler Mann, eine Nichtfrau, an der Seite einer Frau, zumindest beide ohne Blutung. Sie waren gleich und beide waren endlich!

Berechtigt?

Ihre Augen leuchteten, als hätten sich die grünen Feuer lupenreiner Smaragde entzündet. Maggie spürte die erregende Energie, kleine elektrische Stöße durchrieselten sie. Das Blut strömte schneller durch die Gefäße, sobald sie nur an den neuen Lebensmenschen dachte, der mit Engelsgeduld bis an die Grenzen des Erträglichen zuhörte und der Wahrnehmungsapparat die Töne in Farben übersetzte. Er mochte diese Art von Kopfmalerei. Sie setzte keine Grenzen, solange die entfaltete Wirkung als eine wandelbare, arbiträre, soziale Figur übrig blieb. Maggie ermöglichte die Gestaltung, solange sie an sich schwieg, aber funktionierte. Alles sollte bleiben, wie es nun war. Sie ertasteten einander und wie Sommeliers verkosteten sie erst Wein und dann Weib und Mann. Auf welchem Boden wuchsen diese Rebstöcke? Ach, süße Trauben, sie hingen eben in richtiger Höhe und waren diesen Füchsen nicht zu sauer. Zur »Liebe« zitierte Maggie eine chinesische Weisheit: Suchst du Ablenkung für eine Nacht, so saufe dich an. Suchst du Glück für ein Jahr, beginne eine Beziehung. Suchst du aber Erfüllung für ein Leben, so schaffe dir einen Garten an.

Er hatte das Gefühl, sie stammte aus einem Garten und dorthin sollte sie wieder zurück, um sich zu nähren und zu erden.

Maggie merkte sich diese Worte sehr, und da für sie ein Stück Land zu erwerben aus finanziellen Gründen nicht möglich war, erreichte sie ein Brief des Notars erfreulicherweise gerade im rechten Augenblick. Zunächst zitterten ihre Hände, als sie den Absender las, denn sie befürchtete eine Art Rache der Witwe Joshuas. Sie riss das Kuvert auf und atmete aus und das Herz hüpfte vor Glück. Es schlug bis in die Kehle, es erwürgte sie fast, als sie entschied, das Erbe anzutreten, das ihr der verstorbene Geliebte vermacht hatte.

Ein Stück Land, ein Grundstück in der sogenannten Elsa-Plainacher-Gasse. Maggie war der Name unbekannt. Auf jeden Fall zeigte sich, dass der verstorbene Joshua ihr seinen Boden ausrollte, sicheren Tritt für die müden Füße vererbte; Boden, der nach Art seiner Behandlung verändert werden konnte. Grund genug die Parzelle aufzusuchen, denn gesunder Boden saugt wie ein Schwamm jedes Wasser auf und gibt dieses an seine Pflanzen ab, egal wer sie besitzt oder mit ihnen im Zyklus der Jahreszeiten lebt, man muss sie in niederschlagsarmen Zeiten gießen.

Die Zeit des Winters war vorbei, und der Frühling brach wieder an.

Maggie setzte sich auf das Fahrrad und fuhr durch die vielen Bezirke der Stadt an deren Grenze, wo das betreffende Grundstück lag. Ein brachliegendes Viereck mit Bauschutt und entwurzelten Bäumen darauf. Es lag in einem Geviert von Gassen, deren Namen Maggie nichts sagten, sie schufen Maggies Jemandsland. Die Straßen hatten auch Koordinaten und sie führten zur Parzelle über die Saltenstraße, die recht breit war. Rehe ästen am Waldesrand und sprangen davon, als die Radfahrerin mit scheppernder Klingel heranrollte.

Sie bog in die Gasse, die das Geviert des vererbten Grundstückes, die Adresse der Parzelle definierte, und stoppte abrupt. Die Gasse war nichts als ein frisch gegrabener Schacht, der an der Grundstücksgrenze entlanglief.

Arbeiter verlegten gerade Rohre, schlossen die Parzelle an das Netz der Kanalisation an.

Maggie wartete ein Weilchen, zückte das Mobiltelefon und suchte im Internet nach weiteren Informationen.

Die Gasse war nach einer Hexe aus dem sechzehnten Jahrhundert benannt, Elisabeth Plainacher, die von ihrem Schwiegersohn über den Umweg der Kirche verteufelt und ermordet worden war. Die Gegend war von ihrem Geist bewohnt, post mortem unisex.

Der aufgegrabene Schacht grenzte auf der anderen Seite an ein Weizenfeld, dessen Ähren frischgrün unter der Sonne reiften. Im Hintergrund blitzten leer stehende und verfallende Glashäuser ehemaliger Gärtnereien auf, von wo miserabel bezahlte Erntehelfer aus der Ukraine die Wiener mit gezüchtetem Gemüse versorgt hatten. Weit hinter den gläsernen Ruinen türmten und häuften sich die Klötze der Seestadt.

Maggie stieg enttäuscht vom Fahrrad ab und kletterte über den rostenden Maschendrahtzaun auf das unebene Grundstück, dessen Gestrüpp weggeworfene Bleche und Rohrstücke, Sperrmüll und das bizarr abstehende Gerippe einer gekippten Hollywoodschaukel überwucherte. Die Natur holte sich auch hier allmählich den Raum zurück, der ihr von der Zivilisation abgerungen worden war. Und da alles Natur war, auch der Müll, nur in seiner chemischen Zusammensetzung mit einer langen Halbwertszeit versehen, war das auch logisch, dass sich hier ein Kreislauf schloss.

Wozu hatte der geliebte Joshua ihr dieses Stück Land vermacht? Wollte er ihr eine Heimat vor dem Tode schenken? Einen Ort der Zuflucht für eine gesicherte Pension?

Maggie hockte sich hin, steckte die Hand in die Erde, barg ein paar Brocken und studierte sie auf der Handfläche, als wären es Edelsteine. Der nährstoffreiche Boden genügte für die Pflanzen und zumindest für einen wilden Rosenstrauch.

Das Geviert war nicht nur von der Gasse mit dem Namen einer Hexe umgeben, sondern von Straßen, die nach Franziska Fast, Helene Keller und Felix Salten benannt waren. Die Recherche im Internet ergab, dass es sich um berühmte Menschen handelte, die Wien bestellt und zu dem gemacht hatten, was es sein kann: eine weltoffene, sozial bemühte Stadt, deren Herz für Menschen mit besonderen Bedürfnissen schlägt. Das sind wir nämlich alle. Taubblinde und Lahme und deshalb brauchen wir die Literatur, um uns im Irrsinn weiterzutasten und uns von den Schandflecken der Stadt zu befreien. Alle Bösartigkeit der Ansässigen wollte Maggie dafür nutzen, deutlich zu sagen, dass es zum allgemeinen Wissensschatz gehört, dass jeder Mensch blutet, wenn man ihn sticht. Allen zukünftig hier Ansässigen muss das klar sein, dachte Maggie. Eine Widerstandsgeste der Liebe kann das Erbe sein. Wien war in Maggies Hand ein Tempel der Erinnerung. Nie würde sie eine Vestalin sein, aber trotzdem das Feuer dieser Parzelle hüten.

Elisabeth Plainacher, die namensgebende Hexe für die Gasse des ererbten Grundstückes, soll an einer Mühle bei Melk aufgewachsen sein. Als Tochter des Mühlenbesitzers war sie Weizen gleich weiß, zermürbt und zermalmt von Gottesmühlen. Ein menstruierender Mensch, der schwängerbar Leben hervorbringen, aber den Tod nicht von der Brut abhalten konnte. Sie geriet deshalb immerfort in Misskredit und schließlich wurde sie der Hexerei bezichtigt. Der Schwiegersohn war zu unbeholfen für die ihm widerfahrende Verantwortung als Vater und Witwer mit der alten Großmutter seiner Kinder im Schlepptau. Er hatte sich daher der Kinder entledigt, also die Kinder erschlagen, um sich vom Unglück zu reinigen, das über ihn gekommen war. Er hatte alles abgestritten und die Schwiegermutter, Elisabeth Plainacher, kurzerhand des Mordes und der Besessenheit vom Teufel bezichtigt.

Wozu sollte Maggie, der es vor der üblen Legende nun grauste, in diesem Geviert unter dem Hexenhammer Wurzeln schlagen? Sollte sie lieber verkaufen? Sollte sie hier ihren Paradiesgarten anpflanzen und ein Haus bauen? Vielleicht ihr Grab schaufeln? Oder einen Gedächtnishain für ihren Geliebten anpflanzen? Maggie sah sich um und ein Hoffnungsschimmer erhellte ihre Gedanken, als sie die Gegend weiter erkundete. Denn eine Gasse weiter wartete deren Name schon mit einer Inspiration auf. Vielleicht sollte sie für die Sozialdemokratin und Metallarbeiterin Franziska Fast ein Paradies als Gedenkstätte errichten?

Ein wohliges Gefühl breitete sich aus in Maggies Brust. Wein! Rosen! Ja! Freude! Freundschaft!

So saß sie auf einem Stein und wunderte sich nur, dass sie in dieser Gegend der Elsa-Plainacher-Gasse zwar nicht einmal aufgemalt sein, aber ein gutes Werk verrichten wollte.

Maggie schloss ermüdet die Augen und hörte den Vögeln und den unablässig grabenden Baumaschinen, den Stimmen der Arbeiter und ihren Sprachen nach. Die Liebe zu Joshua erfasste sie und wollte sich nicht legen. Sie hatte Lust auf Namen und wollte dazu ihre Einfälle schildern. Sie hörte das Blubbern im Brunnen. Sie hörte das Quietschen der Pumpe. Sie nahm eine Harke.

Sie lockerte die Krume und setzte die wilden Rosen und hoffte auf Regen. Sie wartete auf ein Zeichen des Lebens, vielleicht um in irgendeiner Pflanze oder einem Schmetterling oder einem hungrigen Vogel Joshua zu entdecken

Sie säte.

Sie erntete.

Sie starb.

Die Namen der Straßen geben Zeugnis von der existenziellen Bedeutung ihrer Träger. Unweit der Parzelle liegt auch die Helen-Keller-Gasse, durch die Maggie ohne besondere Beachtung geschritten ist.

Wer ist Helen Keller gewesen? Wie kommt diese Frau zu ihrem Namen und gerade nach Wien ins Geviert der Parzelle von Maggie?

Das fragte sich nun also Nina, die Leserin der Tageszeitung *Der Standard*, die an Maggies Geschichte den Reiz fand, Wien an seiner Peripherie zu erkunden. Sie würde auch der Geschichte dieser amerikanischen Autorin nachgehen, da sie ein großes Interesse für die Bildungschancen von Minderheiten gehabt hatte. Die Spuren von Maggie verloren sich bald in Ninas Gedächtnis. Aber man kann das Schildchen am Gartentor zur Parzelle noch verwittern sehen.

Die Gemochten

Der Schweiß kitzelt und dann perlt er ab und vielleicht ist der Raum ein Hitzetraum. Egon rollt sich zur Seite, nach einer Weile liegt er auf dem Rücken. Er schlägt die Augen auf, hebt den Arm und winkelt ihn um den Kopf. Der Wind fährt in den Vorhang, zerzaust die Farne. Sie wachsen vor dem üppigen Bett. Die Tiere sammeln sich im Spiegel. Der Blick ist auf das Lager gerichtet. Der Bass durchdringt die Mauern und Elefanten entfernen sich. Zikaden schnalzen, Vögel kreischen über dem kreisenden Becken. Die Safari findet im Stundenhotel statt. Nun ist nach dem Akt.

Der Mann erhebt sich und drückt die erste und die zweite Klinke, schiebt die Türen auf. Im Badezimmer, wo er das Wasser aufdrehen und die Wanne füllen wird, dreht er sich um und fragt zurück ins Zimmer: Oder willst du lieber duschen?

Erst jetzt leert sich der Spiegel. Das Leintuch fließt über die Bettkante und bauscht sich zu den Füßen.

Manuela bleibt noch liegen. Das Tüpfelchen auf der Spitze von Egons Lebensnormalität ist sie. Die Akteure sind einander Gemochte. Jede Woche finden sie sich hier ein. Nicht um einander zu lieben, sondern um einander zu mögen. Das kann auch leidenschaftlich sein.

Egon legt sich für die paar Minuten, die das Wasser in die Wanne laufen soll, nochmal zu ihr ins Bett. Sein Bauch ist in dieser Position wie eingeebnet. Die Hüften und die Beine und die Arme. Die beiden Körper sind ganz gut trainiert. Der Kopf ist sehr rund und das Haar ist das Haar. Die Augenbrauen sind steif wie Kokosborsten. Das Licht ist gedämpft. Die Haut schimmert deshalb wie eine Glasur, nur sind Haare dran. Ein Dekorband umschlingt die Pfosten, zum Festbinden der jeweiligen Gliedmaßen. Das Zimmer trägt den Namen African Queen. Jedes Zimmer ist hier nach einem Filmtitel benannt. *Some like it hot. Wenn der Postmann zweimal klingelt. Im Reich der Sinne. Josefine Mutzenbacher. Ekstase.* Egon und Manuela nehmen immer das Zimmer, das gerade frei ist. Eine Reservierung nehmen sie nicht vor, weil sie es auf den Zufall ankommen lassen, ob sie im Hotel landen oder essen gehen. Sie kommen beide mit dem Taxi an und beide verlassen ihre Arbeitsstätten stets pünktlich zur verabredeten Zeit. Die Terminkalender werden jede Woche konsultiert, die Rendezvous werden reserviert und freigehalten und beide legen Wert darauf, dass dieses Gebaren auffällt. Die Frau Direktor verlässt wie gewohnt nach der Institutsvorstandssitzung am Dienstag das Haus. Freilich gibt es Engpässe und sie erfordern Flexibilität. Egon verlässt wiederum seine Abteilung zu besagtem Zeitpunkt und die Praktikanten werden gleich eingeweiht in diese Besonderheit. Es ist kein Geheimnis, dass Egon und Manuela miteinander ins Stundenhotel gehen. Sie legen wirklich Wert darauf, dass ihre Absenzen so gedeutet werden, dass es sich um eine kontrollierte Verruchtheit handelt, die sie menschlich erscheinen lässt. Beide leben allein und werden oft nach ihren Familienverhältnissen gefragt. Manuela hat eine Terrasse, von der sie zu den Nachbarn hinübersieht, die ihr gern winken und denen sie als eine fleißige, aber einsame Expertin gegenübersteht. Sie hat den mitleidigen Blick auf ihrer Gestalt ruhen gespürt. Ob sie denn auch mal verreist, fragten die Nachbarn. Und allein, oder mit wem?

Egon hat viele Frauen in seiner Abteilung und als einziger Mann ist er umworben, beäugt, und natürlich wird hinter seinem Rücken geredet. Er ist sehr schlank, um nicht zu sagen dünn, und seine Anzüge müssen immer enger genäht werden, und trotzdem braucht er einen Gürtel, an dem zusätzliche Löcher eingestanzt werden müssen. Egon ist durchaus hübsch, aber seine Lippen sind schmal und können streng und sinnenfeindlich rüberkommen, als hätte er noch nie jemanden geküsst. Es ist ihm daher wichtig, die Frage nach seinem Verhältnis zu Frauen zu klären. Sie gleichzeitig zu beruhigen, dass er ein ganz normaler, also typischer Mann ist, und dadurch abzuschrecken. Er war bis vor Kurzem verheiratet und hat eine Geliebte. Was immer sie für ihn bedeutet, er ist dem Dienstagnachmittag treu.

Die Vorhänge im Zimmer sind savannenbraun und haben ein Muster wie die geometrischen Felder eines Giraffenfells. African Queen ist der Name eines Schiffs, das Humphrey Bogart und Katherine Hepburn bespielen. Sie sind ein ungleiches Paar, aber haben ein Ziel, den Feind zu versenken, was sie zusammenbringt. Feinde haben auch Manuela und Egon. Sie wirken subtil, mehr wie ein Gefühl, das sich langsam ausbreitet wie Schimmel, nur unsichtbar bleibt, sich dennoch weiter und weiter ausbreitet, in nichts vom Ziel abzubringen, als alles mit einer Bitternis zu überziehen.

Das Stundenhotel hat 48 Zimmer. Man könnte also zwei Tage Stunde für Stunde in einem anderen Zimmer verbringen und eine Reise durch die Film- und Weltgeschichte antreten. Vorübergehend ein Zimmer zu mieten bedeutet hier, für eine Dauer von drei Stunden seinen Körper zu parkieren.

An Sex sind Manuela und Egon nicht interessiert. Lieben bedeutet, sich gegenseitig Lust zu bereiten, um dann die Körpersäfte zu tauschen. Die beiden aber kommen hier nur zusammen, weil sie einander mögen und sich ein Alibi für sexuelle Handlungen geben. Länger als bis zu drei

Stunden dauert im Schnitt bei den Menschen der Akt nicht. Das Mögen ist kein kurzlebiges Verlangen, es hält mitunter lebenslänglich an, aber im Stundenhotel gelten eben andere Regeln. Maximal drei Stunden soll also auch das Mögen dauern.

Egon kommt mit dem Taxi an und gleich darauf landet Manuela im Stundenhotel. Die Adresse ist berühmt und das Hotel so traditionell wie die Oper oder das Café Central. Ein Besuch wird schon durch das Bühnenbild belohnt und garantiert ein Theater, in dem man zum Stück wird. Sex im Orient gehört also zu den Damen und Herren, die mit dem Stundenpartner kommen, wie das Babylon, das für die Kundschaft jeder Muttersprache ausgerüstet ist. Die

Balken des Buchstabens X im Wort Sex überschneiden einander und fantasievolle Geister denken dabei an die Diagonalen, die die Eckpunkte eines Quadrates und den Durchmesser des Innenkreises ergeben, wenn ein Mensch seinem Mittelpunkt der Verzückung zustrebt.

Der Zimmerpreis bezieht sich also auf eine gewisse Dauer und richtigerweise könnte das Stundenhotel Dreistundenhotel genannt werden. Gegenüber hängen Männer an Seilen, die an der bröckelnden Fassade Erker abklopfen. Roboter kriechen über die Glasfassade des Bürohauses nebenan. Die wenigen menschlichen Augen, die nun auf den Tiefen Graben gerichtet sind, werden durch das gleichzeitige Eintreffen der Taxis angelockt. Man sieht die beiden

Leute aussteigen und einander auf die Wangen küssend begrüßen, während sie Hand in Hand die Stufen hinansteigen und im traditionellen Stundenhotel verschwinden. Es gibt Kulturen, wo Menschen in häuslicher Enge leben und ihre Intimitäten nicht intim zu Hause ausagieren möchten. Es gibt Kulturen, in denen die Politik für erschwingliche Stundenhotels sorgt. An der Liebe soll nicht gespart werden. Die Liebe ist, was den Menschen nur für Augenblicke geblieben ist. Freilich könnte man aus dem Dreistundenhotel ein 180-Minuten-Hotel machen.

Der Tiger aus Bronze steht am grünen Teppichboden und der Nashornschädel mit seinem Horn hängt an der Wand. Das Horn ragt passend in den quadratischen Raum, in dem Egon und Manuela alle viere von sich strecken werden. Die Vorhänge sind aus Bast und der Wind bläst durch die schmale Gasse. Die Spiegel sind tiefenscharf und geben täuschend echt Egon und Manuela wieder. Seine Hand spürt die trockene Haut und die behaarte Erhebung des Kopfes, der sich in die Kerbe seiner Schulter legt. Er schließt die Augen, er hebt die Lider und starrt in den Spiegel. Ich mag dich, sagt er und schiebt das Haar beiseite, um besser ihr Gesicht zu sehen. Er spürt den Herzschlag und den Atem. Er sieht in den Spiegel. Manuela sagt, ich mag dich auch. Sie legt sich bequemer hin und schaut ebenfalls in den Spiegel, der über ihnen hängt. Zumindest zeigt er nicht, dass etwas mit den beiden nicht stimmt. Nach dem Stundenhotel wird das Paar essen gehen und Egon wird die Speisenfolge festlegen, weil Manuela das so programmiert hat. Er liebt es, Vorschläge zu machen, und er liebt es, wenn sie angenommen werden. Das Hotel ist seit Jahren dasselbe. Das Hotel nimmt Bares und Kreditkarte. Egon kennt es nicht seit Jahren, sondern seit Jahrzehnten. Die Frau, mit der er gelebt hat – sie ist nicht so weit entfernt von hier in einer funkelnagelneuen Wohnung, dort gibt sie heute Flüchtlingen Sprachkurse und spielt mit Menschen Seniorentheater. Sie hat auch ein geregeltes Leben. Aber sie mochte ihn nie so richtig. Sie hat ihn geliebt, hat sie gesagt, aber nie gemocht. Sie wohnt über dem Flüsschen – er könnte sogar zu Fuß nach Hause gehen. Seine Augen funkeln, als sendeten sie einen Strahl, als wärfen sie aus Egon heraus einen Egon an die Wand, der ihm seitenverkehrt entgegenliegt und den er irgendwie mag. Es ist der Spiegel, der hier zu ihm spricht, und der hierbleiben wird, sobald Egon das Zimmer verlässt, das hier so beschrieben ist. Manuela betrifft das genauso. Sie schaut in den Spiegel und mag sich so, wie sie daliegt. Ein weiblicher Mensch, der im Spiegel von Kopf bis Fuß erfasst ist, also nicht enthauptet oder sonst wie fragmentiert, wenn der Leibesblick nur Arme, Beine und Rumpf abtastet. Erst der Spiegel fügt die Körperteile zu einem Ganzen zusammen, als Manuela den Sitz ihrer Sinne mit eigenen Augen als Bild erkennt.

Die Augen an der Rezeption des Hauses sind wach und beherrscht und peinliche Diskretion wahrend, wenn sie sich zur Aufzählung der Zimmer auf das Schlüsselbord richten. Auch wer hier öfter zu Gast ist, wird behandelt wie beim ersten Mal. Egon und Manuela mögen das.

Im ganzen Haus ist Ruhe. Man hört kein Gestöhne und nur manchmal läuten die Glocken von Maria am Gestade automatisch. Wenn Egon bei der Rezeption steht und sich vorbeugt und flüstert, dabei seinen gewitzten Hut trägt, dann spielt er seine Rolle gut. Die Frau an der Rezeption ist diskret geschminkt, wie eine strenge und dennoch mild gestimmte Ordnungshüterin, denkt er, und Manuela bestätigt seine Ansicht. Sie schminkt sich dezent, nur wenn sie sich auf den Weg macht, um mit Egon ihr sexuelles Ausleben zu spielen, greift sie zu laszivem Lippenstift und aufgeklebten Wimpern und dem Lockenstab.

Die Rezeption beugt sich der Schweigepflicht und nur am Aufleuchten der Augen ist zu erkennen, dass die beiden Akteure Stammkunden sind. Käme Egon mit einer anderen Partnerin oder Manuela mit einem anderen Mann, dann würde dieses Aufleuchten des Wiedererkennens unterlassen werden. Die Rezeption geht ja nicht mit auf das Zimmer, aber die hier Arbeitenden haben eine gewisse Macht durch die Schlüsselübergabe. Sie empfehlen das Zimmer, und ihre Machtbefugnis reicht sogar so weit, dass sie einen abweisen können. Wie wäre es, hier als Rezeptionist zu arbeiten und sich in eine Kundin zu verlieben, die immer die falschen Männer anschleppte. Das wäre eine sehr warmherzige Geschichte.

Selten steht ein Mann hinter dem Tresen und eigentlich ist es immer derselbe, wenn er hier steht – groß und robust und beschäftigt. Er hat den Laden technisch zu schupfen und nebenbei ist er in der Lage, die Schlüssel ohne Lächeln auszuhändigen und ohne ziselierte Frage nach zu lieferndem Sekt und ohne das Aufleuchten in den Augen. Der Mann ist sympathisch, weil er die anstehenden Paare pragmatisch abfertigt, auch weil er es gewohnt ist, Manuela auch allein als Paar anzuerkennen, weil sie das braucht, denn wer geht denn sonst ins Stundenhotel? Manuela und Egon haben sich an seiner Rezeption kennengelernt. Beide waren schon hier eingekehrt und hatten ein Zimmer gemietet, um nach außen ein normales Sexualleben zu simulieren. Der Rezeptionist war das gewohnt von den beiden und hatte es hingenommen. Doch eines Dienstags hatte es sich ergeben, dass beide gleichzeitig vor dem Tresen standen und nur mehr ein Zimmer frei war. Es war das Kaiserzimmer mit dem Doppeladler und zwei Kojen. Es war eine Empfehlung und es hatte Egon und Manuela gepasst. Sie lagen dann in den Kojen und hatten die Blicke auf den Spiegel gerichtet, der die ganze Zimmerdecke überspannte. Aus ästhetischen Gründen legten sie ihre Körper aneinander und richteten ein schönes Bild ein. Es kam dabei auch zu sexuellen Handlungen.

Meist erledigt Egon mehr, als er weiß. Er sorgt für die Romantik. Er steckt den Schlüssel ins Schloss und dreht ihn darin um. Zimmer zum Vögeln müssen versperrt sein. Außerdem hört man draußen das Geräusch.

Anderen Männern, die an der Rezeption herumschleimen, flüstern und elegant sein wollen, sieht man die nervösen Bewegungen an; während sie einfach nur dastehen sollten, maximal das Gewicht von einem Bein auf das andere verlagern dürften, beugen sie sich vor und richten sich auf und beugen sich wieder vor, beim Zahlen, beim Schlüssel-in-Empfang-Nehmen. Es wird zu viel Kraft in Bewegung gesetzt und das macht gewisse Männer unelegant. Kann ein nervöser Mensch je elegant sein?

Die nervöse Frau ist automatisch eher im Schlepptau eines Mannes. Hat sie, erwachsen, der Kopulation zustimmend, noch als Subjekt gegolten, verwandelt sie sich plötzlich in das Anhängsel eines Bettelarmbandes. Die Versiertheit eines Mannes, die beim Aufsuchen eines Stundenhotels zutage tritt, ist keineswegs mit Eleganz zu verwechseln. Versiertheit resultiert aus Übung und wirkt lässig. Nirgends ist verfließende Lebenszeit so genau bemessen wie im Stundenhotel. Jedes Zimmer bildet die Schöpfung und den Untergang einer Zwischenwelt nach, die Geburt und Tod mit menschlicher Nähe verbindet. Man begibt sich für die leibliche Entgrenzung zu Bett, tritt dem Körper entschlossen entgegen, am besten mit Schmusen im Lift beginnend. Ekstatisch zuckend erreicht man die Klimax im danach abflauenden Ereignis, die Einsamkeit körperlich zu sprengen.

Ob grammatikalisch alles richtig ist, auch wenn man meint, zuvor aus den Sätzen geschleudert worden zu sein, wenn man spricht während des Orgasmus?, fragt Manuela.

Egon antwortet natürlich laut und eindeutig brüllend, was aus der Praxis hervorgeht, nicht zu Hause zu vögeln, da man hier bis auf den Gang und auf die Gasse hören soll, was ein erfülltes Leben ist. Es hängt wohl vom Sprachverständnis ab, ob jemand beim Vögeln noch gerade Sätze herausbringt. Egon richtet in gedämpft-eleganter Tonlage den Ausdruck seines Wunsches in das Zimmer, sich in die Badewanne zu begeben, die schön langsam wartet. Ich mag das, sagt Manuela und bleibt mit ihm liegen.

Unten an der Rezeption hängen bunt gefärbte Eier an den Palmkätzchen. Hast du sie gesehen?

Magst du das?, fragt Egon.

Sie hängen an buschigen Stauden, die in einer bauchigen

Vase stecken, antwortet Manuela.

Ostern kommt jährlich wieder.

Was sich die Rezeption wohl gedacht hat bei der Dekoration.

Ich denke ans Badewasser, du Gemochte!

Er spürt die Lippen unter den Fingerkuppen und das mundwarme Schlucken von Spucke. Dann folgt der Knall. Egon hat den Schampus geöffnet und aus dem Mund über das Kinn auf die Brust rinnen lassen. Stundenglasweise trinken sie jetzt.

Glück hat niemand versprochen, das ist Egons Satz und ein Gutachten über die Auszeiten zu Nachmittagsstunden. Ich mag das.

Ich mag das auch.

Den Korken nimmst du heute mit?

Egon wird den Korken mitnehmen und in seinem Büro auf dem Schreibtisch liegen lassen. Er wird ihn vor den Augen der Mitarbeiter so verschwinden lassen, dass sie es bemerken und ihn heimlich beim Wegwerfen beobachten. Champagner trinken gehört dazu, um genussfähig zu wirken. Die Mitarbeiter verwenden den Infinitiv, wenn sie sich über Egon unterhalten: Champagner trinken, und jeder meint vom Geheimnis seines Lebens zu wissen. Manuela nimmt seinen Schal mit ins Büro in ihrem Institut, auf ihre Terrasse hat sie schon öfter Egons Schmutzwäsche mitgenommen, die er in einer Reisetasche ins Stundenhotel gebracht hat. Sie hat die Wäsche in der Maschine gewaschen und so aufgehängt, dass die Nachbarn sehen konnten, dass es hier einen Herrn, zumindest symbolisch betrachtet, an der Leine gibt. Champagner trinken und Wäsche aufhängen sind Infinitivphrasen. Sie brauchen keine Subjekte. Egon ist ein wenig müde. Und da sagt Manuela, du magst mich doch, oder?

Na, aber wie, sagt Egon.

Aber schau, sagt sie und zeigt auf den Spiegel.

Was denn?, fragt er und hebt den Kopf.

Siehst du nicht?, fragt sie.

Die Wanne wird gleich überlaufen.

Kann es sein, dass du mich nicht spiegelst?

Was willst du damit sagen?

Ich seh mich nicht in deinen Augen.

Stimmt, sagt Egon.

Ich mag das nicht.

Ich mag das auch nicht.
Kannst du das ändern?
Spürst du den Unterschied?
Ja. Ich mag das.

Egon geht auf die Toilette. Er schließt die Tür. Spiegelkacheln umkreisen auf Hüfthöhe das Badezimmer. Er seufzt und wirft noch einmal einen Blick auf den Doppelgänger im Spiegel und dann wäscht er sich die Hände.

Manuelas Rücken ist ihm zugewandt. Die Wirbelsäule teilt ihren Torso, bildet eine subkutane Wirbelkette. Unter normalen Umständen wäre er jetzt an sie herangetreten, hätte die dicken langen Haare in ihrem Nacken zur Seite

geschoben und sie vom Hals über die Schulterblätter hinunter zur Taille mit der Zunge abgegrast. Dabei befinden sie sich in der Stadt und mögen sich nur.

Manuela dreht den Oberkörper herum, als wäre sie in der Taille zusammengeschraubt. Und trotzdem, ja, trotzdem, sein Blick, er wagt ihn nicht abzuwenden, um zu zeigen, dass er aus dem unguten Gefühl heraus, sich nicht beherrschen zu können, bewusst den Blick hält. Sie bückt sich und tastet nach der Unterwäsche, die verstreut auf dem Boden liegt. Er nützt diesen Moment, um zu bedenken, dass die Technik des Sehens seit jeher ständigen Veränderungen unterworfen ist. Der Blick ist also ein Sehstrahl und auf die am Boden nach den Strümpfen greifende Manuela gerichtet. Sie streckt sich und lächelt einer gemeinsamen

Zukunft entgegen. Vielleicht liegt hier nur eine Zeitverschiebung vor. Die Vergangenheit entsteht, weil sie das Zimmer verlassen werden.

Zuerst konzentriert er sich noch auf Details der aufschäumenden Bilder. Er liegt auf der Matratze. Er fährt die Innenseite ihrer Schenkel entlang. Das bist du, hat er gesagt, ich mag das.

Zugegeben, sie würde nicht die Hand dafür ins Feuer legen, dass er sie nur mag. Tizians Venus verkörpert auf ideale Weise seine Anbetung der Sinnlichkeit. Die Frau ist also nur zerebral vorhanden. Die Berührung Egons nimmt aber Manuela vorweg, indem sie ihn mit Stolz anschaut. Alles muss sich berühren, um eine Sinneswahrnehmung echt sein zu lassen. Wenn man nachdenkt, berührt man sich selbst. Wie der Schattenzeiger einer Sonnenuhr fließt die Zeit der African Queen dem nächtlichen Ende zu. So viel Körper gibt es, rund um diese Kerbe und die Erhebung, das wissen beide und sie mögen das.

Manuela geht öfter durch die Stadt. Egon fährt manchmal sogar mit der U-Bahn, wenn er Schmerzen am Fuß hat. So kommen sie auch menschlich rüber, wenn sie dabei gesehen werden. Heute werden sie noch essen gehen.

Manuela legt die Unterwäsche auf das Bett und richtet sich langsam auf. Da sind ja die Fetzen geflogen, sagt sie.

Ich mag das, sagt Egon.

Gern lassen sie Phrasen fallen und Egon wiederholt die Frage, ob sie duschen oder baden mag?

Sie steht vor ihm mit dem Rücken zum Spiegel – dieses glatt und platt gewalzte Glas.

Der Brustkorb gabelt sich zu den vorstehenden Schlüsselbeinen. Der Hals ist lang und Manuela schürzt die Lippen und fiepst: Dusche oder Badewanne?

Ich mag das, sagt Egon.

Ihr Fiepsen reizt ihn zum Lachen. Sie lacht mit und es ist das erste Mal, dass er auf ihre Eckzähne starrt.

Also gut, sie will baden. Sie erzählen in der Wanne wie im selben Boot sitzend aus ihren Kindheiten. Manuela hat eine Schwester und sie ist mit ihr am Lido gesessen. Vater und Mutter sind auf den Handtüchern gelegen. Sie haben Limonade getrunken und zu Hause vorbereitete Brote verschlungen. Die Eiselemente haben in der Kühltasche die ganze Fahrt durch das Kanaltal und die Isonzo-Ebene die Temperatur gehalten.

Hat sie diese Geschichte so erlebt? Gibt es in Venedig Vampire?, fragt Egon unvermittelt.

Manuela schaut ihn erstaunt an.

Du merkst dir wohl alles!, sagt sie, denn einmal hat sie Dracula auf Urlaub in Venedig gewähnt.

Im Boot. Am Strand. Im Meer. Im Auto. Im Bett. Im Schlaf. Zwischen den Tauben, zwischen den Säulen mit den Löwen, auf den Brücken und in den Giardini.

Mir ist aufgefallen, dass du gern blutiges Fleisch isst, sagt Egon.

Wie passt denn das jetzt zum Thema?

Du hast dir Beef Tartare bestellt.

Ich mag das.

Dann lade ich dich zum Essen ein.

Die Klarheit und die Entschlossenheit, mit der sie die Dienstagstreffen ausweiten, wird die Nahrung für weitere Gerüchte liefern. Sie trinkt Mineralwasser und Champagner und wundert sich, dass er auf den gemeinsamen Spaziergängen stolpert und sie immer wieder wie zufällig anrempelt, sie berührt. Dass sein Ring auftaucht, gehört eines Tages dazu.

Ich mag das, sagt Manuela. Sie nimmt seine Hand. Er schweigt und schluckt. Sie wird nicht genauso wenig wie er nach einer Pfählung der Herzen lechzen.

Sie wird immer mehr von ihm haben wollen, und wenn er ihren Wünschen stattgibt, wird das nicht aufhören. Und umgekehrt. Das ist die Realität. Deshalb müssen sie einander in Schach halten.

Hast du Spiegel zu Hause?

Wieso nicht?

Ich frag nur.

Die Menschen haben sich bis ins 17. Jahrhundert kein ebenes Bild von sich im Spiegel machen können und seither geht es nur mehr darum. So sind wir nicht, wir geben ein Bild her.

Und so sitzen sie in der Badewanne und reden. Freilich erkennt Egon, dass er viel zu wenig von ihr weiß, um so nah beieinander in einer Badewanne zu hocken, dass er mehr wissen möchte von ihr.

Sie sind körperlich blind füreinander, sie spüren sich nicht, aber sie können sich sehen. Die Formulierung *körperlich blind* gefällt Egon und er wird sie in neuen Gedanken berücksichtigen.

Hast du schon einmal jemanden sterben sehen?

Wieso fragst du so etwas?

Er fragt nach dem Verhältnis zum Tode, weil es seine Art ist, Lebendigkeit spürbar zu machen.

Stimmt, sagt sie.

Das Spiegelbild im Wasser ist leer. Nichts macht die Todesmetapher klarer.

Stimmt, sagt sie.

Die quantenphysikalische Behauptung, dass der Beobachter bereits das zu Beobachtende so verändert durch seine Beobachtung, dass er nie wissen wird, was das Beobachtete ist, beruhigt Manuela, weil sie sich im Verhältnis zu Egon gesehen weiß. Wer sie für sich allein ist, wird nie jemand erfahren. Es gehört zu ihrer Tätigkeit, das zu sein, was sie kann. Verschwunden aus den Augen, aber nicht aus dem Sinn.

Egon ist zärtlich und manchmal kommt er nun auch zu ihr nach Hause, wenn die Nachbarn auf der Terrasse sind.

Das Talent, Geschichten zu erfinden, beweisen Egon und Manuela leiblich. Sie legen sich aber nicht fest. Ihre Sprache gerät zur bedienten Tastatur für SMS.

Wo immer Manuela aufgewachsen ist, vermutlich in einem pädagogisch wertvollen Haushalt, mit ein paar Büchern und offenen Fragen, es bleibt, wie es ist.

Egon hängt die Wäsche auf, wenn die Nachbarn auf der Terrasse sind.

Egon zeichnet die Schwielen an den Fersen Manuelas nach. Vor nichts, so sagt er, grause ihm an ihr. Sie darf alles sein. So wickelt er sie ein.

Identifikation heißt, dass die Begegnung mit der Welt das Subjekt verwandelt. Das Denken darüber, und es kann ja sein, dass diese Erkenntnis lautet, man ist jetzt jemand anderer und für den anderen da: sei mal Anlass zur Freude.

Egon hält Manuela fest und verlangt, dass sie nach sich selbst verlangt. Sie hat das Meer zum ersten Mal mit zwölf gesehen, sie hat Höhlen besucht und Säulenhallen.

Das menschliche Genom und jedes Genom ist ein Anagramm aus vier Buchstaben. Die Geschichte fängt viel früher an. Erleben wir Sprachlosigkeit?

Das Stundenhotel bietet den Rahmen. Manuela hat Hunger. Es ist nicht nur der Zucker im Champagner, der sie sättigt.

Eine Höhlenzeichnung ist eine geschenkte Nachricht aus der Steinzeit, sagt sie.

Und was soll das heißen?, fragt Egon.

Manuela hebt die Schultern und lässt sie fallen.

Immer bauen Analysen Analogien und dann kehren sich die Vorurteile heraus, sagt sie irgendwann später. Ein Satz, der sich Egon einprägt. Manchmal muss sich Manuela mit

Händen und Füßen verteidigen, ja sogar beißen, damit er sie beim Befremdetsein lässt. Sie ist nicht unberechenbar. Mal will sie ihn vertraut, dann sieht er das Tier in ihr und weiß, er hat es auch in sich. Die Wilden sind verspielte Geschöpfe. Sie rauben einander und laufen mit der Beute davon, die sie teilen wollen.

Dadurch wird ein Gefühl wach. Es hat was mit Sippe zu tun. Der Verstand ist nicht Vernunft, er sprengt den Käfig depravierter Kaltherzigkeit. Immerhin sind sie bei der Arbeit durchs Wort, Beifall füreinander zu finden. Es werden noch Jahre vergehen. Doch dann werden die Nachbarn auf dem Dach sein und Egon neugierig beobachten, wie er Babywäsche auf Manuelas Terrasse aufhängt.

 Also ein Happy End, ich mag das.

Ein Tipp für das Stundenhotel folgt noch: Niemals sollten die an der Rezeption Angestellten das ein Zimmer aufsperrende Liebespaar fragen: Mag er nicht? Wenn der Schlüssel nicht funktioniert.

Das ist einfach zu frivol.

Das wahrhaftige Drehbuch

Sie liebte das Kino. Wir teilten nicht nur diese Leidenschaft. Später verdingte sie sich auch als Filmverleiherin, um auf Festivals eine Akkreditierung als Fachpublikum zu bekommen. Im Hauptberuf war sie Volksschullehrerin. Ihre Klasse versammelte zwanzig Nationen. Die Unterrichtssprache war Deutsch. Sie trug meistens bunte Kleider und die Mädchen sprachen sie darauf an. Sie stammten aus den üblichen Ländern, aus denen man Österreich erreichen und um Asyl ansuchen kann. Wir beide waren also an einer internationalen Schule tätig, in einer kleinen österreichischen Stadt. Gerne hätte Elisabeth ihren eigenen Kindern eine elitäre Ausbildung an einer elitären internationalen Schule gegönnt, mit Eloquenz in vielen Sprachen und einer eleganten Gangart auf hohem Niveau – doch sie hätte die soziale Anpassung nicht ausgehalten, in die sie die Kinder gestürzt hätte. Sie wäre in ein Dilemma geraten, hätten die Kinder einen guten Erfolg unter den Umständen errungen, in die sie durch sie gedrängt worden wären. Sie hätte sie womöglich für die Unterwerfung verachtet. Und vielleicht hätten die Kinder der erwarteten Leistung gar nicht entsprochen, dann hätte sich Elisabeth die Schuld für die Schande eingestehen müssen, sie überfordert zu haben. Sie würden aus der Eliteschule fliegen und in einer anderen Schule den Ruf als Versager zu ertragen haben. Elite-Versager unter »uns Normalen«.

Die Direktorin unserer Schule rief Elisabeth kürzlich zum Gespräch.

Jahrelang suchte ich nach einem Thema, das es mir wert war, einen Film daraus zu machen, der so fesselt, dass er die Welt verändern kann. Lange dachte ich an die literarische Vorlage einer Elisabeth Matrei, die in einer kleinen österreichischen Stadt ihre Kindheit verbracht hatte und aus der eine berühmte Kriegsreporterin geworden war. Oder an einen Spielfilm über den Workshop einer befreundeten Künstlerin, in dem es um das Reenactment von Emojis geht. Wie kommunizieren wir ohne Worte? Das Icon übernimmt die Sprache. Die Maske verschlingt das Wort.

Die Grimasse der Direktorin war das kalte Positiv ihres versteinerten Gefühls. Sie hatte einen 28-jährigen Liebhaber, der sie gerade wegen einer viel jüngeren Geschwängerten verließ – worauf sie ein Trauerkleid zu tragen begann.

Das Kleid war aus dem Stoff des Exils gewoben. Schon glaubte ich den Stoff in meinen Fingern zu fühlen, wie er weich hindurchfloss, ein streichelndes Gemisch zwischen feinhaarig und seidig. Kein Filz. Kein Leder. Das würde ich als Kostümbildner in meinem Film einbringen. Die Direktorin war ein Opfer. Betrogen und aus der Liebe ausgestoßen.

Da drehte sie den Spieß um. Sie fragte meine Kollegin, meine Elisabeth, wie es ihr mit ihrer Klasse ergeht.

Gut, sagte diese.

Das glaube sie nicht, sagte die Direktorin. Die Schüler seien zu laut. Sie würden nicht in Zweiergruppen die Stiegen hinuntergehen. Sie würden nicht still an ihren Tischen sitzen, sondern auf einem Teppich oder in der Klasse toben.

Den Teppich hatte Elisabeth gekauft, um den Kindern einen Platz im Klassenraum einzurichten, wo sie einander begegnen konnten, wenn sie eine Pause brauchten. Die Mädchen kuschelten, die Buben machten eine Kissenschlacht, und alles ging manchmal durcheinander.

Elisabeth Matrei war mit einem resignierten Vielvölker-Österreicher liiert, der freiwillig ins Exil nach Paris gegangen war. Ein trauriger Charakter. Geschichtet aus Joseph Roth von Ingeborg Bachmann. Ich tauchte unter in der erwähnten Literatur, um ihre Schätze zu bergen. Dabei unterrichtete mein Schatz, die echte Elisabeth, die ich aus nächster Nähe kannte, Kinder aus zwanzig Nationen.

Maria Loretto ist einer der Schauplätze am Wörthersee, die in die Literatur eingegangen sind. Mein Ort liegt nicht an meinem See, wo ich am Ufer sitzend die Tortur von Jean Améry nachlas. Ich lag nämlich im Bett und setzte mich aufrecht hin, als ich die ersten Sätze vom großen Dichter gelesen hatte, der von der Folter sprach und das Fleisch in Worte verwandelte durch den magischen Prozess der Sprache.

Was denk ich, wenn ich von der Tortur als dem fürchterlichsten Ereignis lese, das einem Menschen widerfahren kann? Was denk ich, wenn ich höre, es glaube jemand an Wege, die auf einer Karte eingezeichnet sind und die zum See führen?

Die eingezeichneten Wege auf der Karte weisen darauf hin, dass die Wege jetzt für mich abwesend sind. Der Mensch darf auf seiner Haut nur spüren, was er will, um das Weltvertrauen nicht zu verlieren. Was denk ich, wenn jemand fragt, wie viel Heimat braucht der Mensch? Was denk ich, wenn ich glaub?

So viel wie möglich, hätte ich gesagt. Aber umso mehr Orientierung ist nötig. Dazu braucht es Karten, dazu braucht es Wege. Dazu braucht es Elisabeth. Ich spüre noch die Muskelverspannung vom vielen Nicken im Nacken, wenn ich nur an diese Möglichkeiten denke. Was halte ich von meiner Zustimmung, während ich das schreibe? War sie Bekundung von Solidarität, und was bedeutet Bekundung wirklich?

Die Kinder aus Elisabeths Klasse waren mit der Geografie meiner österreichischen Kleinstadt vertrauter als ich. Die Ortsnamen sind in den zweisprachigen Gebieten zumindest heute auch zweisprachig auf den Tafeln angebracht. In mir ist das Slowenische begraben. Ich kann es nur mehr beten. Es ist fast schon eine Fremdsprache geworden für mich wie Farsi oder Spanisch. Die einheimischen Kinder haben heute Slowenisch in den Volksschulen. Das ist historisch so gewachsen, die Politik hat es geschafft, eine Minorität trotzdem noch weiter zu schrumpfen. Und das wird als Sieg gegen den Sprachrassismus gewertet. Meine Eltern unterrichteten zweisprachig und ich habe heute mehrere Weltsprachen in der Klasse, wechsle aber meist zwischen Englisch, ein wenig Spanisch und viel Deutsch.

Die Direktorin missbilligt meine Frisur. Ich rasiere den Nacken und die Schläfen. Ich binde das Deckhaar zu einem Zopf. Mütter und Väter der Schüler und Schülerinnen akzeptieren mich. Der Vollbart ist der Schleier des Mannes. Es lebe mein Testosteron. Die Direktorin schluckt, wenn sie mich sieht, aber kein Wort kommt über ihre Lippen. Sie beklagt sich aber, wenn hübsche Lehrerinnen sich schminken, denn sie würden dann von den Schülern und Schülerinnen nicht ernst genommen werden. Es ist schwer, die Logik der Direktorin nachzuvollziehen.

Elisabeth weihte mich ein. Sie würde die Schule verlassen. Das Opfer hat ein Opfer gemacht. Elisabeth ist eine gute und gut aussehende Lehrerin. Ich werde sie nicht ersetzen können. Sie habe ihre disziplinierende Macht verspielt, hieß es. Ich sagte mir, die Direktorin sei eifersüchtig, weil meine Kollegin jünger ist – und beliebter. Die Kinder spürten, dass es ans Eingemachte ging. Sie waren wachsamer als sonst und verbundener untereinander.

Wer nicht gehorcht, wird abgeführt und in ein Heim gebracht! Diesen Unsinn hatte die Direktorin verzapft, als sie Kinder zum Einzelgespräch in ihre Kanzlei holte, um über die Methoden der Lehrerin etwas in Erfahrung zu bringen. Man würde zu viel reden in der Klasse, zu wenig rechnen, zu wenig lesen.

Nun war das Ungeheuer eingedrungen, kontrollierte missgünstig Elisabeths Methode. Die Direktorin saß in der letzten Reihe. Ich war so perplex, dass ich nichts entgegensetzte, als ich die Klasse betrat, um mit Elisabeth ein gemeinsames Unterrichtsprojekt durchzuführen.

Die Killerclowns waren das Thema. Die Kinder schrien durcheinander, bis einer nach dem anderen von der Schlägerei und Vernichtung eines Killerclowns berichtete. Jedes Kind hatte einen Beschützer, der es mit dem Killerclown aufnehmen konnte. Ein Hieb, ein Stich, ein Schnitt, ein Schuss waren noch die harmlosesten Szenarien im Schlachtbild. Dabei sammelten wir nur Ideen, um an die Kinder heranzukommen und ihnen die Schmach zu nehmen, immer unter Verdacht zu stehen, wenn sie Gewaltfantasien plagten. Die Direktorin schrieb mit. Sie schwieg eisern, und weil sie keine Kinder hatte, konnte sie sagen, wenn sie Kinder hätte, würde sie sie nicht in diese Schule stecken, obwohl sie diese doch leitete. Es war eine gute Schule. Welche Vorstellung hatte die Direktorin von der Wirklichkeit? Sie nahm Platz in der letzten Reihe neben Corto, der aus Haiti stammte und alle halbe Stunde einen Salto aus dem Stand zu machen pflegte. Ihrer Meinung nach litt er an einem Syndrom.

Die multinationale Klasse erarbeitete in deutscher Sprache eine Geschichte. Das Ende herbeizuführen, das den Kindern ein Werkzeug sein sollte, sich selbst gegen Killerclowns zu verteidigen, war schwierig genug. Das Werkzeug war keine Waffe. Sondern ein Spiegel. Die Fratzen der Killerclowns versteinerten wie Medusa beim Blick in den Spiegel zu leblosen Masken. Zum Schluss malten die Kinder das schrecklichste Bild des Killerclowns, das sie sich vorstellen konnten, nieder und aus. Die Direktorin erwartete sich ein Happy End. Wir hatten es ihr zuliebe erfunden.

Gestern standen vier Schülerinnen vor Elisabeth. Sie hatten ausgeharrt, bis die ganze Klasse verschwunden war und sie allein mit ihr waren, die gerade die Tafel löschte. Elisabeth war eine begabte Frau. Nie hatte ich mich gefragt, ob ich das richtige Geschlecht als Lehrkörper habe. Immer wieder wird beklagt, dass autochthone Kinder keine männlichen

Vorbilder für das Rollenverhalten in unserer Gesellschaft hätten. Die Väter verließen die Mütter und suchten ihr Glück bei anderen Personen, die nicht mehr oder noch nicht in die Windeln kackten, keine Arztbesuche nötig hatten, keine Pflege, keine Alltagsstruktur, keine Vorbereitung auf die Zukunft. Sie verwirklichten sich allein und nahmen sich das emanzipatorische Recht ohne Rücksicht auf Verluste heraus. Es ist ein altes Lied, dass Kindergärten und Horte die Männerquote zu wenig erfüllen. Erst in den Gymnasien würden die ersten männlichen Role Models auftreten.

Die Prüfungen waren abgeschlossen und bald nur mehr die Zeugnisse zu schreiben. Elisabeth rang mit sich, die Klasse zu schließen. Vier Mädchen standen vor ihr und sie belehrten Elisabeth wie auch mich eines Besseren über die Notwendigkeit, unterrichtet zu werden. Dürfen wir mit Ihnen reden? Fragten die Mädchen. Der Schwamm landete im Waschbecken und Elisabeth wusch sich die Hände, verschraubte das Tintenfass und legte die Feder auf ein Tuch, auf dem sich ein königsblauer Fleck ausweitete wie ein dunkelschöner Kontinent im opakweißen Meer. Danach setzte sie sich mit den Mädchen auf den Teppich.

Die eine kam aus dem Osten, die andere aus dem Westen, die nächste aus dem Süden, die letzte aus dem Norden.

Das Happy End einer Elisabeth Matrei hätte ich nicht besser inszenieren können. Anstatt in einem Blutbad zu verenden, saßen die Mädchen auf dem Teppich, der sich aus Bildern zusammensetzte, die Sprichwörter illustrierten. Das Werk von Ingeborg Bachmann gehört zum Abc europäischer Werte. Aber für ein Happy Ending fehlt ein Happy Beginning. Im Anfang ist das Wort und alles ist in ihm angelegt. Elisabeths eindrücklichstes Muster auf dem Teppich zeigte einen Mann mit schlampiger Beinkleidung. Er trug nur einen gebundenen Schuh. Das rechte Bein war barfuß. Der Mann stand gebückt auf dem Weg und stemmte seinen Kopf gegen einen Buchrücken. Die Schüler und Schülerinnen hatten herausgefunden, dass es sich nicht um ein Buch, sondern um eine Wand handelte. »Mit dem Kopf durch die Wand« – so lautete das Sprichwort. Das Schuhwerk zeigte an, was das Sprichwort bedeuten könnte. Um die richtigen Schritte zur Bewältigung von großen Aufgaben zu setzen und nicht stur Unmögliches zu versuchen, sei für Gleichgewicht zu sorgen und dieses fängt beim richtigen Schuhwerk an.

Die Mädchen saßen auf dem Teppich, geknüpft aus den Motiven europäischer Sprichwörter. Feuerbringer, Wasserträger, Pfeilerbeißer, Unschuldslämmer, Doppelzüngler, Betrüger, die ihren Geschädigten blaue Mäntel umhängen.

Die Mädchen waren europäischer als Elisabeth es je gewesen war, denn sie verlangten nach Aufklärung.

In Bachmanns Erzählung konkurriert Fernliebe mit der Sehnsucht nach Sicherheit. Die europäischen Exilanten, darunter Jean Améry und Paul Celan, litten darunter, nicht zugehörig, sondern der Fremde anheim zu sein, durch das Versagen der Sozietät. Sie schrieben und archivierten ihre Stimmen. Die Schriften verankerten sich im Bewusstsein. Es wurde Fleisch durch das Lesen und Erinnern, aber nicht wirksam genug, um heutige Vertreibung zu verhindern. Das Erinnern ist für uns Kollegen in einem vereinten Europa mit Billigairlines und Airbnb nie abgeschlossen. Die Vorstellung von einem neuen Nationalismus tragen wir mit Entsetzen und die Schwierigkeit des Verstehens der Entfremdung ist vielleicht verständlicher denn je. Wo verankern die Schüler unserer Schule das Vertrauen in eine Zukunft? In Handys? Elisabeth Matrei aus der Geschichte *Drei Wege zum See* käme dem Unfassbaren der Fremde näher, indem sie das Leid heutiger Flüchtlinge, die ich unterrichte, abbildet und an deren Reproduzierbarkeit scheitert. Sie fotografierte den Krieg zum Frühstück für Zeitungsleser. Erst als sie einen Freund beim Fotografieren von Straßenkämpfen mit der Kamera in der Hand verbluten sah, weinte sie über den sportlichen Ehrgeiz. Wie reagierte sie heute, schösse sie an den realen Hotspots die Bilder zeitgenössischer Waffenwirkung. Die Lektüre des Essays vom nicht namentlich genannten Autor Jean Améry, *Jenseits von Schuld und Sühne,* führt Elisabeth Matrei vor, dass sie einem Missverständnis unterliegt. Von den Grenzen des Geistes gibt es kein Bild zu machen, weil Auschwitz Wirklichkeit war und Vernichtung anders ist. Die Menschen müssen einmal zur Vernunft kommen. Du musst zur Vernunft und Einsicht kommen, dass es eine Zumutung ist, einem mitfühlenden Menschen auch noch zu zeigen, wie andere leiden. So forderte es der Geliebte Elisabeth Matreis mit papierenem Knistern in der Lunge.

Für die Elisabeth meiner Schule in der kleinen österreichischen Stadt ist die Welt einfacher. Die Lehrerin zeigt auch keine Symptome, sie erfüllt den Lehrplan und lässt sich das eigene Leben nicht verderben.

Sie stritt mit der Direktorin nur so lange herum, bis sie selbst verstanden hatte, dass sie, wollte sie beruflich überleben, ausweichen musste.

Elisabeth zog eine Grenze, die sie am Ende des Schuljahres vom Wirkungsbereich der Direktorin quasi freiwillig ausschloss. Noch war sie heimisch im Land ihrer Klasse und die Schülerinnen vertraten sich die Beine, bis sie geniert um ein Gespräch baten. Die Dringlichkeit ihrer Fragen war an den in Falten gelegten Stirnen abzulesen. Sie drucksten herum, bevor sie die Worte fanden für ihre Intimitäten, die ihnen zu Leibe gerückt waren.

Die eine habe schon Rot zwischen den Beinen. Die andere noch nicht. Die eine noch Grün, was immer sie damit meinte. Die Dritte war besorgt, weil sie noch keine Ahnung über diese Regel, dieses weibliche Thema hatte. Elisabeth fragte, wie alt die Mädchen seien, und so redeten sie über die Tage, die bei der einen früher, bei der anderen später und bei Elisabeth mit vierzehn angefangen hatten. Was wussten sie über die Vorgänge im weiblichen Körper? Die Vokabeln Slipeinlage, Binde, Tampon waren bekannt, auch dass für eine Schwangerschaft nicht unbedingt ein Mann gebraucht wurde.

Elisabeth hatte vier Stunden auf dem Teppich mit den Mädchen zugebracht. Sie erzählte mir lächelnd, ja geradezu begeistert von diesem Vertrauen, das die Mädchen zu ihrer Lehrerin hatten. Eine fremde, eine offizielle Frau, die über die Erfahrung ihres Körpers verfügte, den sie durch die Regale in den gleichen Geschäften trug, wenn sie dies und das am Hauptplatz der Kleinstadt einkaufte.

Elisabeth ahnte gar nicht, wie bedeutsam sie war, und ich hätte gern, dass sie sich ein Bild davon macht. Die Gesichter ihrer Schüler waren nicht so puppenhaft wie gewöhnliche Kindergesichter. Die dunklen Augen hatten jedoch mehr gesehen, als Elisabeth sich je zu sehen gewünscht hätte. Diese Augen hatten Bilder gesammelt, die in den Nachrichten zum Frühstück serviert wurden. Elisabeth erkannte die gehetzten Blicke mit dem Fokus auf einen Ausweg. Freilich starrten auch diese Kinder lieber in das Handy, anstatt Bücher zu lesen, aber das tun heutzutage alle, nicht nur Kinder.

Wann wirst du ihnen sagen, dass du die Schule verlässt?

Spät. So spät wie möglich. Ich bringe es noch nicht übers Herz.

Elisabeths Lächeln war stets von einer zuckenden Bewegung des Kopfes begleitet, was immer eine lockende Wirkung auf mich hatte.

Sind sie nicht herzig?, fragte sie. Ist das nicht schön, dieses Vertrauen, das man sonst einer Freundin entgegenbringt – vielleicht einer Mutter, sofern die Gefühle stimmen?

Über die Eigenheiten des weiblichen Körpers zu sprechen hat für einen Mann eine andere Qualität, weshalb weibliche Lehrkörper unumgänglich im Unterricht sind, begriff ich.

Wer weiß, was da noch kommt?, sagte ich.

Wieso kämpfst du nicht um deinen Platz an der Schule. Du könntest von der Gewalt reden, vom Recht der Frau auf die freie Wahl ihres Partners, von der Fristenlösung, vom Familienrecht.

Das alles wissen sie längst, sie brauchen jetzt die Gesellschaft.

Auch das kannst du aussprechen.

Wir müssen sie zum Essen einladen, zu Eiskaffee und Kuchen und auf die Terrasse, damit sie sehen, wie ich lebe und du und wir alle. Sie müssen sich ein Bild machen können, die Vorstellung von unserem Leben ins Bewusstsein heben, damit es zu ihrem wird.

Mein Leben gliederte sich in zwei miteinander verschränkte Stränge: Bild und Bildunterschrift, grundiert von einer Stimmung aus meinem Kerngebiet der Amygdala, mit einem akustischen Signal direkt aus meinem Gehirn. Ich erinnerte folgende Szene:

Wir gingen den Weg zur Zillhöhe hinauf, die Erde der frisch planierten Autobahntrasse roch trocken, über den Stadtrand hinaus und die feuchten Wiesen hinunter zum plätschernden See. Für uns waren diese Wege anders als die Flecken der Weltläufigkeit, weil niemand uns jagte, um etwas Brauchbares für Kriegsberichte zu finden. Wir schritten die Parzellen entlang, wo vom Keller bis zum Dachfirst die Pläne im Karawankenblick ausgehängt waren. Ich versuchte Filmorte zu definieren, um die Dreharbeiten und deren Aufwand einzuschätzen. Eigentlich ging es mir nur mehr um eine Lehrerin namens Elisabeth, über die ich eine kleine Doku verfertigen wollte, und dazu passte die Ordnung der Einfamilienhäuser und Elisabeths Gesicht, wenn sie den Kopf schief legte und dieses Zucken erzeugte, bevor sie lächelnd über Vertrauen sprach und sich über die Natur freute, ohne sonderlich berührt zu sein.

Kurz hatte ich überlegt, den Aufsatz *Die Tortur* zu vertonen, um mich einer Stimme anzunähern und durch sie eine aufrüttelnde Geschichte zu erzählen, die wenigstens Mitteleuropa verbessern sollte. Die Autorität des Originals provozierte mich dazu. Ich mochte Ingeborg Bachmanns Leiden an der Kälte zwischen den Menschen in den warmen Farben ihrer Worte, und doch reizte es mich, Amérys Aufsatz ins Bild vom Karawankenblick zu übersetzen. Ich ließ es bleiben, als ich Claude Lanzmann die Pläne der Ankunft und Abfahrt der Züge von den Bahnhöfen des Reiches in die Konzentrationslager nachlesen und zeigen sah. Bahntransportpläne. Die kleine österreichische Stadt, die ich meine, ist ein Bahnknotenpunkt. Jesenice und Rom waren die Überschriften zu unserer Vorstellung vom Dahinterland, die Grenzen waren eine Frage der Zeit, und man überwand sie mit dem Ausweis der Matura. Wann werden die neuen Schüler sie überschreiten?

Du wirst deine Schüler enttäuschen, wenn du erst am Zeugnistag deinen Weggang kundtust, sagte ich.

Ich werde sie in jedem Fall enttäuschen, sagte Elisabeth. Aber ich werde sie auf ein Eis einladen.

Am liebsten, solange Elisabeth noch in der kleinen österreichischen Stadt wohnte, gingen wir ins Kino, wenn der Saal leer war. Deshalb wählten wir Filme mit Jugendverbot zu den Vorstellungen am Nachmittag. Einmal *Die 120 Tage von Sodom,* das letzte Filmwerk Pier Paolo Pasolinis. In drei Segmenten wird aus den Höllenkreisen der Leidenschaft, der Scheiße und des Blutes berichtet und werden Vergewaltigung, Folter und Mord inszeniert.

Wir streckten unsere Füße aus und legten die Arme auf die Rücklehnen links und rechts.

Schau dir nur die Bilder an, sagte ich und meinte die klaren zurückgenommenen Farben des Lichts am Set. Die

Haut. Das Mobiliar. Die dampfende Scheiße. Die Silberhaube. Lass dich nicht austricksen, ekle dich nicht, schau es dir an, die lachende Folter, wie ein Kritiker sagte, es tut alles nur so als ob.

Ob das Team Spaß hatte beim Drehen?

Auf der Leinwand defäktierte eine Durchlaucht und ein nacktes Mädchen begann auf allen vieren an einer Leine geführt, seine Praline zu verzehren.

Sie tut so als ob, und ich weiß es und es ekelt mich trotzdem, sagte Elisabeth.

Weil es dir vorführt, dass hochgeistige, kulturelle Verfeinerung Scheiße produziert, die nur von perversen Durchlauchten den anderen in den Mund gestopft werden

kann. Wer sind die Durchlauchten? Wir?

Ich sehe das nicht so.

Die Direktorin ist eine Durchlaucht. Aber nicht so pervers.

Und du frisst ihre Scheiße.

Ich lass mir nicht mein Leben verderben.

Wir verließen das Kino. Denn obwohl mit den Dreharbeiten vertraut und den Requisiten und Tricks, die notwendig sind, um Bild für Bild zu einer Sequenz zu fügen, waren wir erotisch stimuliert und verwirrt, denn die Darstellung war köstlich. Wir trotteten zur Bushaltestelle. Wie fühlt es sich an zu glauben, dass Zungen aus dem Leib gerissen werden? Wie fühlt sich der Unterschied zum Wissen darüber an, dass Zungen wirklich aus dem Leib gerissen werden?

Und wenn das alles in ein Bild zusammenfällt? Kein Konjunktiv mehr?

Wir schliefen in dieser Nacht nebeneinander.

Der Film zum Streamen lief auf YouTube. Wir dösten. Die schöne Grace Kelly schwebte in Tüll gehüllt herein und ließ sich neben dem Reporter James Stewart nieder, der durch sein Gipsbein gefesselt war. Das Telefon läutete, ich hatte es in der Hosentasche vergessen und es dauerte noch eine Weile, bis es aufhörte, und noch ehe ich den Schirm des Laptops herunterklappte, um dem Schlaf die Bilder zu ersparen, begann das Gehirn die Szenen meines Drehbuches auseinanderzuhängen, um einen eigenen Trailer zu kompilieren. Elisabeth atmete regelmäßig und ihre Locken am Hinterhaupt kitzelten meine Nase. Ich drehte mich um, Rücken an Rücken, um ihre Haut zu spüren.

Die Hüter meiner Erinnerung an Elisabeth sind die Träume bis heute. Die Bewertung der Faktenqualität ist in meiner Hand und deshalb bin ich dauernd mit draußen verbunden, in einem Ballett aus Kommando und eigenmächtigem Handeln. Im Schlaf ist diese Instanz suspendiert. Ich weiß nur, dass ich Kameraeinstellungen bekanntgebe und reagiere auf deren Einbettung in eine Geschichte. Meine Befehle sind nicht Handlungsanleitungen militärischer, sondern filmischer Natur. Wir sind alle die Regisseure vom Lauf der Dinge, in meinem Fall handelt es sich um die

Aufnahmen aus dem Kampfgeschehen mit der Direktorin. Ich sehe, was ich lese sind nur »gestellte« Bilder, Abbildungen, Nachbildungen, wie sah die Vorbildung aus?

Natürlich hatte ich Filme studiert: *Szenen einer Ehe,* von Columbo bis Bergmann, von Schande und Schuld bis ins *Reich der Sinne* im *Uhrwerk Orange.* Ich schaltete manchmal die Kamera auf Drohne, die ein Gesamtbild der Kampfzonen aus der Atmosphäre in meine Inszenierung einspielte. Das Wort »einspielen« zieht mich in seinen Bann. Ich suche nach wie vor die wahre Fiktion.

Da griff Elisabeth nach mir.

Wikileaks veröffentlichte Non-Fiction. Der Laptop war offen. Ich träumte und da weckte mich ein Kuss. Grace Kelly und James Stewart waren suspendiert von den Rollen. Nun kamen Nachrichten aus dem Osten heran. Die heutige weite Totale zeigt eine Dürre einst fruchtbarer, nun braungelber Hügellandschaft europäischen Landes. Bevor die Details in mich schneiden, also das ratternde Rotorblättern der Hubschrauber in mein limbisches System einwirkt, nehme ich den Hubschrauber vom oberen Bildrand in die Wüstenei eindringend wahr und empfinde, wie er sich auf die Bildmitte zubewegt und mit den knatternden Rotorblättern über mir schwebt, um aus dem Alltag der Kämpfer zu berichten, während sich alles dreht und ich körperlich in Elisabeth dringe. Sie dreht den Kopf schon zum Küssen auf Position. Da erscheinen Schützen. Auf mich wirken sie wie in Uniformen gestopft. Die Kraft, die ein Körper aufbringen muss, um gepanzert überhaupt beweglich zu sein, ist für einen schmächtigen Mann wie mich schwer vorzustellen. Die Läufe der Maschinengewehre zielen auf die Bodenplatte. Die Luke darin öffnet sich und gibt einen Streifen der Wüste für den hinabfallenden Blick frei. Dürre. Erde. Büschel. Steine flitzen vorbei. Plötzlich barfüßige Beine, die aus Stoffballen hochschnellen und die Sohlen in das Kameraauge werfen. Laufende Menschen, die durch die Luke hindurch von oben gefilmt sind. Frauen und Kinder. Ich höre Schüsse. Trocken. Uhren. Tack. Tack. Tack. Stimmenfetzen und wallende Stoffe im Wind aus den Rotorblättern, Staub an den Fußsohlen, Stoff und Tuch und Fußsohlen.

Gelbgrauer Sand berührt den hellblauen Himmel. Bei Magritte regnet es Männer mit Spazierstock und Hut, hier stehen Frauen mit Kindern an der flimmernden Kante der Weltscheibe. Der Schnitt auf den Gewehrlauf. Er zuckt kokett, tonlos.

Elisabeth lächelt. Alles wird nachtblau und schaut in den Himmel, als der Lärm, der aus dem Film kommt, in einer Kurve abschwenkt.

Nur im Krieg ist Krieg, ich bin auch diesmal nicht dabei, hämmert es in meinem Kopf.

Setze ich Schnitte, setze ich eine Tat. Ich habe keine Schuld, denn ich sah nur, was geschah, und zwar mit meinen Augen. Ich machte und mache mir Bilder. Ich erinnere wohl, dass ich mit Elisabeth eine durch und durch coole Szene aufführte. Ich stelle mir das nicht näher in Bilder aufgelöst vor. Ich träume und im Schlaf sehe ich, was ich zu sehen vermeine. Aber in meinem Körper ist ein gewaltiges Gefühl. Lust. Das Schlachtfeld hat sich in mein Herz erweitert. Wie oft wiederholt sich das? Einen Film schneiden und abspielen bis in alle Ewigkeit. Mit dem Hubschrauber jagen und schießen wie auf Hasen, und das ist nicht die geringste Störung. Ich träumte rückwärts, an den Anfang, bis ins Wort. Jetzt liefen sie wieder. Die schwarzen Silhouetten von Hasen streckten die Hände aus. Die am Boden liegenden Kinderleichen erwachten zu neuem Leben. Ihre Hände ergriffen die der Eltern, und sie liefen über die krude Erde zurück in ihre sich aufrichtenden Häuser.

Ich erwachte neben der schlafenden Elisabeth. Ging ins Bad und setzte mich mit dem Laptop auf den Balkon. Ich war bereit Beschwerde einzureichen und öffnete die Website der Ombudsstelle für Schulen.

Sie geben keine persönlichen Daten bekannt, Sie verwenden ausschließlich einen PC, der keinen Besitzer hat, und verwenden zur Mitteilung den geschützten Postkasten für Ihre Meldung. Ich konnte anonym bleiben, ohne in die Schusslinie der Direktorin zu geraten. Im Dienste des guten Gewissens schrieb ich, dass die Direktorin Flüchtlingskindern mit Deportation und Abschiebung drohte, weil sie im Schulgebäude brüllten. Ich könnte jetzt schweigen, dachte ich. Das Gewissen hat den Menschen ein Formular ausbilden lassen. In dieser Richtung fängt auch das Glaubensleben an, das Gute vom Bösen zu trennen.

Welche Nachteile würden mir erwachsen, wenn ich die Direktorin persönlich zur Rede stellte? Was konnte ich ihr beweisen? Unsere Schule bietet Sprachkurse an. Sich der Behörde auszusetzen würde Beweise verlangen. Vielleicht fliege ich dann von der Schule? Das würde mir die Gelegenheit verschaffen ein wahrhaftiges Drehbuch zu schreiben.

Ich stand am Geländer meines Balkons und blickte hinunter, der ausgetöteten Zigarette nach. Wenn jetzt das trockene Gras Feuer finge? Es würde halt brennen. Der Gedanke zum Bild mit dem immer kleiner werdenden Stummel.
Jetzt also war ich in der Vorstellung von einem, der im Hubschrauber sitzt und kein Geheimnis daraus macht, dass er auf Jagd nach Sensation ist. Wie fühlte sich dieser Zustand an? Was trieb mich in die Einsamkeit? Sie würde eines Tages mit mir vergehen, außer ich drückte auf »Senden« und schickte die Meldung ab. Wie finde ich in das Gewissen anderer? Welche Konsequenzen raffen mich hinweg?

Ich muss auf die Toilette. Ich werde alles an die Presse senden und gleichzeitig meine Absicht kundtun, aus dem Schulbetrieb auszusteigen. Ein wahrhaftiges Drehbuch zu schreiben.

Zu Mittag wurden die Zeugnisse ausgeteilt. Ich schaute noch in der Cafeteria vorbei. Die Direktorin bat mich in ihr Büro zu kommen. Sie schritt auf langen Beinen voran. Sie schaute auf die Uhr, schulterte die Handtasche. Sie trug ein Kostüm und einen Haarreifen. In der Kanzlei, wo sie mich unter vier Augen sprechen wollte, setzte sie die Handtasche auf dem Tisch ab. Sie hängte die Kostümjacke über die Stuhllehne. Das tragbare Telefon läutete in der Tasche. Ohne große Geheimnistuerei öffnete sie den Verschluss, schnappte es und sprach hinein: Wir sind gerade angekommen. Er sitzt mir gegenüber.

Sie kramte in den Utensilien und beförderte einen Stift zutage. Als sich die Tür öffnete, erschien zuerst ein fahrbares Tischchen, auf dem Fotos lagen. Das Haar fiel nicht, es hing wie schwarze Eiszapfen in das Gesicht der Assistentin. Die Direktorin wartete, bis wir wieder allein waren, und wühlte erneut in ihren Siebensachen herum, bevor sie sich den Fotos widmete.

Ob mir Sachbeschädigung ein Begriff ist, begann sie das Verhör. Ob es ein Problem für mich ist, Sachbeschädigung zu verurteilen. Ob sie mir Probleme bereiten soll oder ob ich Probleme lösen will?

In welcher Hinsicht?, fragte ich.

Ganz grundsätzlich, sagte sie.

Ich verstehe nicht, dass Sie zu meiner Einstellung gegenüber Sachbeschädigung ein paar Worte hören wollen.

Sie legte mir ein Foto vor. Eine Großaufnahme von einer Türschnalle mit einem gewöhnlichen Drehschloss darunter.

Das WC war auf »Besetzt« gestellt. Deshalb war ein roter halbkreisförmiger Ring zu erkennen, der sich wie ein Lächeln um den Riegel mit der Drehmechanik ausnahm. Wäre das Klo unbesetzt und frei, würde das grüne Segment des Halbkreises erscheinen. Dieser aber war rot übermalt.

Soll ich ihr sagen, dass ich von diesem Bubenstreich weiß? Handelt es sich um eine Tür zum Klo?, fragte ich blöd. Hat sie nicht wie jede Autorität ein Recht auf ein bisschen Irrsinn?

Das Flüstergeräusch in meinen Ohren war schwer zu dimmen. Die letzten Tage und Stunden mit Elisabeth und ihren Schülern zärtelten wie die Schöpfung allen Lebens nach. Die sphärisch gewölbten Viertel des Flügelfensters schimmerten vor dem Schwirren eines abschwenkenden Hubschraubers. Darüber zog ein silbernes Flugzeug von links nach rechts einen Streifen durch das Blau aus Glas.

Was sagen Sie dazu?

Wie bitte, was?

Die Schüler haben die Toiletten beschmiert.

Ach!

Sie haben das Grün mit Rot übermalt. Fällt jetzt der Groschen?

Die Buben hatten mit rotem Nagellack die Drehschlösser der Mädchentoiletten manipuliert. Die Mädchen waren schon Schlange gestanden und eines von ihnen war ausgerastet.

Der Nachschein der Not drang in meine Augen, als die Direktorin mir ein weiteres Foto zeigte. Rote Flecke am Boden.

Ich, so sagte sie mir, hätte dazu nichts mehr zu sagen. Es handele sich eindeutig um Sachbeschädigung. Der neue Präsident der Landesschuldirektion sei wegen mangelnder Aufsichtspflicht in Kenntnis gesetzt worden.

Ich schüttelte den Kopf, beteuerte aber, den Nagellack durch die Schüler entfernen zu lassen und sie über Sachbeschädigung aufzuklären.

In den Ferien werde ich mir eine Kamera kaufen und filmen, wie ich das selbst mache. Ich kehre zurück in die Cafeteria. Ich brauche nur noch einen Espresso, bis der Punkt erreicht ist, an dem es keine Umkehr mehr gibt und ich mich ganz dem Film über die Volksschullehrerin Elisabeth widme.

Mutterhirn

Das Gesicht der Riesin leuchtet über den Wogen im Saal. Die Leute sitzen gebannt in den Reihen vor dieser Frau am Pult. Sie beugt das Haupt über Papiere und liest die Rede, an der sie die letzten Tage geschrieben hat. Immer wieder schaut sie über den Brillenrand in den Saal. Sie schüttelt das Haar, die weißen Strähnen wie eine Schaumgeborene und blickt freudestrahlend ins Licht, bis der Applaus einsetzt. Er reißt nicht so schnell ab und es tut gut, sie ihre Rolle so unterstützt und geschätzt von einem fachkundigen Publikum zu erleben zu sehen. Sie ist ja die Kunst an sich, habe ich einst gespottet. Sie macht aus allem Schrift, noch aus ihren verworfenen Schriften hat sie ein neues Werk geschaffen. Auch aus mir, den Strömungen des Alltags.

Ich kenne die strittigen Fragen zur Höhe der Gagen, zu den offenen Rechnungen und Mahnungen, zur

Krankenversicherung, zu ausstehenden Verträgen während der Phasen persönlicher und ganz allgemein wirtschaftlicher Krisen. Die Ansteckungsgefahren aller Art und auch die Angst vor Krieg peitschte die Sensible, deren Warnsystem angesichts der katastrophalen Weltlage Zwangsvorstellungen der Verarmung aufnötigte. Sie hat auch diesen Horror überwunden.

Ihr größter Hemmschuh war ohnedies die spezielle Versagensangst vor der Sprache, die Versteinerung ihrer Worte angesichts der sich zuspitzenden Wirklichkeit rund um die Orte, an denen sie geschrieben hatte.

Die Riesin streckt die Hand aus, mal aus Freundschaft, mal aus Interessensgemeinschaft, und manchmal hilflos wie ein kleines Kind, damit jemand sich ihrer annimmt, wie jetzt die Laudatorin, Überbringerin des Preises der ehrwürdigen Akademie.

Sie zeichne ihre Romane, sagt die Laudatorin, so klar und konkret, dass man einen Film vor dem inneren Auge ablaufen sehe, und doch offenbare sich das Paradies eines literarischen Gartens, in dem der Baum der Erkenntnis nicht nur wachse, sondern auch der Genuss der Früchte keine Vertreibung bedeute. Kurz, ihr Lebenswerk banne jede Schamlosigkeit und die Todesangst. Sie lobt Mutters Sprache. Für mich ist das besonders eigentümlich. Ich kenne sie ja.

Als ich noch klein war, begriff ich nicht, was sie mit dem Zeichnen einer Person gemeint hatte. Zeichne mit

Zeichen den Papa. Und dann hieß es, in einem Strich eine ganze Situation zu umreißen. Umreißen! Ich verschaute mich in das scharfe ß und es umriss genau das, was ich in diesem Zeichen als Situation verstand. Es bestand aus Leere mit Abgrenzung von der Leere durch eine bauchige Form mit offenem Ausgang. Aber was fängt ein Kind mit dieser Leere an? Begreift es, dass eine Situation immer nur räumlich zu beschreiben ist, wenn sie einen ungreifbaren Zustand darstellt? Eigentlich beschrieb das scharfe ß die Silhouette des Rumpfes meiner Mutter, als sie mein Brüderchen bekam. Das scharfe ß an sich führte sie zudem selbst auf der Zunge, wenn sie schimpfte.

Die Laudatorin sagt, die erfundenen Charaktere der Mutter zeichneten sich gerade durch die Auslassung von Beschreibungen aus.

Ich zähle zum Personenkreis, der mit dem Schicksal ihrer Gabe geschlagen war. Mutter war wie gesagt durch die Versagensangst ausgezeichnet, glänzte darob durch Abwesenheit, die mich zeichnete, da ich ihren Mangel an Rücksicht auf kleine Kinder frühzeitig ausglich.

Ich spürte, wie wir alle, die einstige Kernfamilie um diesen schreibenden Mittelpunkt, litten. Er explodierte, sobald man auch nur auf Zehenspitzen den Zauberzirkel des heiligen Schreibens betrat. Gereiztheit war der Dauerzustand, bis die Familie zerstob. Leicht war das für niemanden von uns, aber besser. Das kann man mir nach unserer Trennung glauben. Denn wir gehören deshalb wieder zusammen.

Ich versuchte Mama durch gefälliges Benehmen zu zähmen. Meine Geschwister übten sich in störrischer Verweigerung. Ich beherrschte bald eine Mischung aus Zugeständnis und Zuneigung, Ablehnung und Verachtung herzustellen, um mich gegen die Dilemmata meiner stets ambivalenten Mutter zu wappnen.

Das Schreiben ging ihr nicht leicht von der Hand, da die Riesin mit ihrer Hand nicht befreundet war, wie ich dachte. Das Zeichnen in Buchstaben verlangt die Harmonie zwischen Sehen und Denken, um sie in Bewegung zu übersetzen. Ich nahm in ihren Stunden der Schreibtischnöte die Hand und streichelte sie, um die dazugehörige Person in meine Nähe zu ziehen. Die Strähnen der mütterlichen Mähne kritzelten ein Gespinst um ihr Gesicht, das der liebliche, pausbackige Engel auch aufs Papier gebracht hätte, wäre Mama erweicht gewesen und hätte mich ihre Hand führen lassen. In einem Atemzug holte die Riesin plötzlich so viel Luft, dass sie zu platzen drohte, und schob mich mit einem geschnalzten Gutenachtkuss beiseite. Sie hatte eine Idee und sie erzählte sie mir und sie war lustig. Ins Bett ging ich immer allein. Mich vergaß sie leicht, weil ich immer wieder zurückkam, und darauf war Verlass. Doch ich konnte ihr Vergessen meinerseits bis in den Schlaf spüren. Dazu hört man die klimpernde Steifheit einer Tastatur, dann die Salve der Hinrichtung auf die frisch entstandenen Verse.

Setze ich aus heutiger Perspektive das Ich eines kleinen schutzflehenden Kindes für das Wort Laptop ein, wäre meine Situation als Kind dieser Schriftstellerin charakterisiert. Auf mich wurde nicht eingehämmert, sondern eingetippt, dass man Dateien immer abspeichern muss. Ich war ihr Kind und die Sorge galt dem Buch, das sie aus dem gemeinsamen Alltag herausmeißelte. Ich bin heute distanziert von der Riesin, meiner Mutter, weil es auch Positives gab. Zum Beispiel: Sie verglich ihre Kinder nie mit ihren Büchern. Das rechne ich ihr im Vergleich mit anderen schriftstellernden Müttern oder, wie soll ich diese für meine Sicht der Dinge benennen, mütternden Schriftstellerinnen hoch an. Ihre Bücher waren Zeitfresser und das ging auf unsere und sehr auf meine Kosten.

Ich hatte nicht mit der Durchschlagskraft und dem Gerechtigkeitssinn meiner Mutter gerechnet, die zornig wurde, wenn jemand glaubte, man könne mich oder jemand anderen von uns für blöd verkaufen. Dann schimpfte sie mit uns, dass wir es so weit kommen lassen konnten, und rief Sachbearbeiter der Kundendienste an und klärte die Chose, wenn es beispielsweise um eine schlechte Bedienung in einem Saftladen ging, nur weil wir zu jung waren, um für kaufkräftige Konsumenten gehalten zu werden. Es ging ihr um die Verteidigung der Augenhöhe.

Streng war meine Mutter auch, vor allem, wenn ich mich über die Schwierigkeiten im Zusammenleben mit einem rücksichtslosen Schriftsteller ausließ. Sie erklärte mir, dass sie eine SchriftstellerIn ist, dass sie den Weg ins Offene einschlägt, selbst wenn sie dafür auf dem Kopf gehen müsste.

Ich nahm das ratlos hin und sie sagte mit einem Schulterzucken, dass das Jammern nichts hilft, nichts nützt. Wir müssten eben durch diese Phase.

Ich kann streiten mit ihr, so viel ich will, aber die Schwierigkeiten der Schwierigkeiten mit dem Verfertigen von Gedanken auf Papier bleiben. Dass auch ich schreibe, lässt sie nicht gelten. Meine juristischen Schriftstücke, selbst wenn ich ihre Arbeit um dieses Porträt ergänze, seien ja »aufgelegt«, gewissermaßen »vorgeschrieben«, sagt sie. Sie meint damit, dass ich nur Schablonen verwende und ausmale, die Inhalte automatisch in Form bringen. Ich unterliege in ihren Augen also den Konventionen, dem Konformismus juristischen Formulierens. Im Gegensatz zu mir muss sie eine Schreibweise finden, aus dem Nichts etwas zu schaffen. Ex nihilo! Ich bin ja in vorgefertigtem Rahmen des Gesetzes im Sicheren zu Hause. Das sei nicht nichts, aber auch nicht alles, was man für Plädoyers braucht, versuche ich ihr gelegentlich zu erklären. Dann fragt sie grinsend, weil sie weiß, dass ich von ihr schreibe und damit etwas physisch-substanzielles Konkretes vor mir habe, wie ich mich mit diesem NICHT NICHTS aus meiner Feder fühle. Sie fordert meinen Widerspruch heraus, bis ich ihrer Argumentation zustimme, einen Sinn gebe, indem ich sage, Schreiben ist wirklich schwer. Vielleicht verschaffe ich ihr eine Schrift, die sie nicht zeichnet. Das mag ironisch klingen, ist aber nur konsequent gelebt, nach dem Prinzip: Schreib dich durch die Phase durch! Mutter wird schließlich gerade gewürdigt.

Die Geschwister kombinierten die Wirkungsfelder und mehr noch, sie paarten die Rollen der Mutter mit Funktionen der bestimmten Räume unserer Wohnung: Sie war der Tankwart aller unserer Vehikel, die Pyrotechnikerin am Herd, die Zerschmetterin der Wasserpfeife, die Drogenfahnderin, die Verbieterin von Computerspielen, und das alles im Brüllton. Nur beim Schreiben war sie still.

Des Abends malte sie ihr Gesicht an, trug neue schöne Schuhe, die zu neuen Kleidern passten, selbst wenn wir das Wochenende bei ihr waren. Sie leistete es sich auszugehen. Sie verließ ihren Schreibtisch und damit auch uns. Anschmiegsamkeit konnte ich mir erst vorstellen, als die Katze ins Haus kam.

Nun denn, ich habe mir eine Kanzlei aufgebaut, eine Karriere mit Kind und Hund.

Ein Leben in Sympathie mit meiner Mutter verlangt die Beipflicht der Tochter.

So verabreden wir uns, weil ich über Facetten unserer Beziehung und ihres Metiers schreiben möchte. Die Notizen sprechen für sich, oder? Das bringt mich in den Zwiespalt, ihr berufliches Anliegen zu formulieren, sie als Expertin zu verstehen. Das hätte sie gern. Ich rede nicht und nie über ihre Literatur. Sie hat ihre Kollegenschaft dafür. Dort gibt es auch Kinder, die ihr eigenes Verhältnis zu ihren mütternden SchriftstellerInnen haben. Meine Theorie lautet, Mutter ist davon überzeugt zu wissen: Je besser das Verhältnis zu den kleinen Kindern, umso schlechter die Literatur. Ich fürchte, wenn ich noch länger dieser Laudatorin zuhöre, vom politischen Engagement, der unbestechlichen Haltung, der stilistischen Sprachgewalt ihres Werkes erfahre, dass Mutter recht gehabt hat.

Warum war Abraham bereit, seinen Sohn Isaak für Gott zu opfern? Was für ein Machwerk ist doch das Alte Testament! Gott hatte den Gläubigen in letzter Sekunde daran gehindert, den Knaben zu schlachten. Ich höre nun, dass so eine archaische Macht auch in Mutters Sprache liegt. Hätte ich an Stelle Isaaks meinem Vater verziehen, dass er mich als Opfer für einen höheren Zweck verwendete? Für seinen vertrottelten Glauben an einen Gott, der vielleicht nur sein Gedankenwerk war? Der Mutter sicher nicht. Ich rechne ihr hoch an, dass sie sich nie an einen Wahn weggeworfen hat.

Wo Distanz eingeräumt sein muss, ist Platz für anderes. Üblicherweise reden wir, Mutter und ich, nie von Herz zu Herz. Die Spannung im Saal macht mich jetzt geduldig. Mutter sitzt in der ersten Reihe, sie bekommt nicht viel mit, sie ist bei sich, wie man sagt, in einer großen Verwunderung, einem Staunen, bei sich selbst angekommen zu sein. Sie wird ja erhört. Sie sitzt, wo sie nie gesessen ist. In ihrem Rücken bin ich. Die Anwältin mit internationaler Ausbildung und einer Expertise als Tochter einer Schriftstellerin, deren Literatur wichtiger ist, aber nicht notwendiger als meine Plädoyers. Das bedeutet, dass die Rechtsgelehrte, in Herzensbildung geschult, die Mutter in speziellen Belangen begleitet, um die Exploration, also die Erforschung der Konflikte, zu vertiefen und für ihre Klientin die Urheberrechte verfechtend zu meistern. Das ist sie, meine Klientin, die ich gegen mich verteidige. Darin liegt der größte Unterschied zu ihrer literarischen Gerechtigkeit, es handelt sich um meine Mündigkeit als ihr Lebenswerk, wenn ich mich als Gerechtigkeit ihr gegenüber offenbare.

Angenommen, ich würde mich zu Mutter setzen, denn der Platz neben ihr ist frei, hätten wir eine Situation wie damals, als sie im Erker saß und schrieb. Ich hatte mich damals zu ihr gesetzt. Heute weiß ich, dass ich mich mit ihr identifizierte. Ich machte sie nach. Aus Bewunderung und Dankbarkeit. Ich setzte mich auch aus Liebe zu ihr. Sie kam nicht selbst auf die Idee, das hatte sich die Liebe abgewöhnt. Ihre Geradlinigkeit bot die Grundlage für das Vertrauen, das ich in sie hatte. Schreiben oder nicht schreiben, das war die Frage. Auf diese war Verlass, alles andere folgte, wie man sagt.

Hätte meine Mutter gewusst, dass sie eines Tages diese Würdigung erfahren würde, hätte sie dann anders agiert? Wie hätte sich mein Leben mit mehr Selbstverständnis in ihrer Berufsausübung angefühlt?

Ich fürchte, sie hatte recht, wenn sie sagte: Kind, ich habe keinen Beruf, ich habe eine Berufung. Damit hatte sie sich doch ausgeliefert an einen Glauben, einen Wahn oder einfach nur an eine Überzeugung.

Vielleicht spürt sie meine Gedanken, denn als sie aufsteht und auf das Podium schreitet, um die Urkunde in Empfang zu nehmen, blickt sie zielsicher zu mir. Sie freut sich sehr. Ich aber spüre, dass es ihr wie mir des Lobes nicht genug ist, weil es darum gar nicht geht. Es ist etwas ganz anderes, das hier schwebt. Sie dankt.

Outing

Ich ging von mir aus:

Der Sesselkreis war geschlossen. Wir befanden uns im geschützten Setting. Das Versprechen der Verschwiegenheit machte das Reden erst möglich. Lilla war das Mauerblümchen, rechts neben ihr saß Ulla. Wenn sie das Wort »Männer« mit ihrem Akzent aussprach, klang sie wie ein Schaf. MÄÄÄÄNA. Rechts neben Ulla saß Mona. Dann Agnes und Jonas, der noch keine Kinder wollte. Rechts neben ihm saß Margarethe. Sie war die älteste Tochter eines gefeierten Kardiologen. Er hatte sie schon früh für seine lebenserhaltenden Erfolge geopfert. Sie vermisste und liebte ihren Vater noch immer abgöttisch, obwohl er seine Tochter sträflich vernachlässigt hatte. Der Mann war zwar schon tot, aber trotzdem immer hier. Er hatte seinen fixen Platz auf dem Sessel rechts neben Margarethe. Sie benetzte ständig die Zunge mit einem Schluck Wasser, freilich um den Durst zu stillen, vielleicht aber auch um die Zunge von den Flüchen zu reinigen, die sie dem stellvertretenden Foto ins Gesicht stieß. Sie wollte sich posthum mit dem Vater aussöhnen und hatte ihn deshalb in unseren Sesselkreis mitgebracht. Dass der vornehm wirkende Mann auf dem Foto seine Pflicht missachtet und sich stattdessen fremden bedürftigen Menschen unverwandt angenommen hatte, war nicht wirklich als total verwerflich oder gar als Missbrauch zu bezeichnen. Margarethe sah das mittlerweile ein. Die unstillbare Sehnsucht nach seiner Anteilnahme war einer Wut gewichen. Die Ignoranz gegenüber der Tochter hatte eine hartnäckige Abhängigkeit erzeugt. Margarethe müsste jeder Rachewut abschwören, um sich aus den Banden lösen zu können. Sie fühlte sich nirgends daheim, auch nicht im Sesselkreis, dafür hatte sie in der SM-Szene ein Zuhause. Zumindest den Verlass auf Regeln für Reize konnte sie dort finden. Um ihren Lebenssinn zu erhalten, bereitete sie nach kurzem Beziehungsaufbau zu anderen Menschen gleich wieder den Abschied von diesen vor. Wer ihr aus eigenem Antrieb näherkommen wollte, blitzte gleich ab. Natürlich litt sie unter jeder Trennung. Dieser Schmerz war krankheitswertig.

Die Haare kringelten sich auf dem Pelzkrägelchen ihrer Jacke. Ich kannte das gute Stück aus der Vitrine des Vintageladens, der bei allen von uns beliebt war. Die ganze

Gruppe kleidete sich dort ein. Margarethe unterhielt zu den Fetzen eine wirklich enge und dauerhaft positive Verbindung.

Lora saß rechts neben dem Vater. Sie trug eine Art Ganzkörper-Kondom aus beigem Knautsch. Natürlich auch aus dem Vintageladen. Lora war jede andere körperliche Berührung zuwider. Sie mochte keine Menschen mehr riechen und war froh neben der Fotografie von Margarethes Vater zu sitzen. Gegen solch tiefe Abneigung ließ sich nichts anderes unternehmen.

Dann kam ich schon an die Reihe und die Perspektive änderte sich.

Anita saß links von mir. Sie trug eine farbige Strickjacke mit einer Musterreihe aus großen roten Schneeflocken auf weißem Grund. Vintage. Sie hatte es trotz ihrer selbstbewussten Art bisher nicht geschafft, das Jugendamt einzuschalten. Der leibliche Vater ihrer Tochter soll das Mädchen nackt fotografiert haben. Nur nicht gleich übertreiben. Fernhalten kann auch reichen, so mahnte ich sie zur Vorsicht mit der Unterstützung der anderen Gruppenmitglieder. Was habe das Kind genau erzählt? Genau nichts, sagte Anita.

Paul saß links neben Anita und gab sich auffällig betroffen, fürchtete des Inzests verdächtig zu sein, denn er liebte seine eigene Tochter auch sehr. Er hatte das Problem, dass sie bei ihm einziehen und in seinem Bett schlafen wollte. Warum wehrte er sich so dagegen?

Jonas saß links neben Paul und litt an einer Mutter, die ihn als Baby ausgesetzt hatte. Er beklagte sich über die Distanz zu seinen leiblichen Kindern. Er sagte, dass es ihm unvorstellbar ist, Lust dabei zu empfinden, jemanden auszusetzen oder anders zu quälen.

Paul sagte, dass er niemals mit einer Konzipientin allein in einem Raum seiner Kanzlei arbeitet, um ihr ja nicht die Gelegenheit zu geben, ihm sexuelle Belästigung vorwerfen zu können. Selbst beim Schreiben von SMS sei er sich eventueller Doppeldeutigkeit der abgesonderten Botschaft bewusst. Gestern war er zum Dinner eingeladen gewesen. Er hatte sich verspätet und die Nachricht »Ich komme gleich« in die SMS getippt. Er hatte dank seines Kon-

trollwahns jedes Missverständnis aufgespürt und sogleich ausgemerzt. Er hatte die Nachricht korrigiert und erst dann »Ich bin auf dem Weg« abgeschickt.

Carlo saß links von Paul und war wütend auf sich selbst, denn er hatte seine Doktorarbeit verworfen, weil er in seine Doktormutter verliebt war. Sie hatte die Liebe erwidert. Das würde heute keinen Menschen aufregen, er war doch schon erwachsen. Er hatte sich Adolf Loos' Gebot »Ornament und Verbrechen« vorgenommen. Er wollte einen neuen Blick auf das Werk des Fassadenputzers Loos werfen. Der Architekt und Reinheitsapostel war 1929 rechtskräftig verurteilt worden, weil er sich mit kleinen Mädchen nackt fotografiert und beim Baden an ihnen vergangen hatte. Nach Durchsicht der Protokolle von damals weiß man heute, welche Handlungen nicht zur Erwähnung gekommen sind. Zwischen den Zeilen der verschämten Aussagen der Mädchen, die als Verführerinnen unter Verdacht geraten waren, steckt Loos' Verbrechen.

Zwischen den Zeilen steht nichts, sagte Lilla plötzlich trocken.

Zwischen den Zeilen ist Platz für die dunkle Zumutung des Argwohns, sagte Paul.

Es steht in den Zeilen, sagte Lilla kühl.

Sie saß links neben Carlo.

Ich griff ein, um Streit zu vermeiden, und sagte in die Runde: Man weiß nie, ob man sich selbst schuldig macht, wenn man jemand anderem böse Absichten und Schuldigkeit unterstellt. Wer zwischen oder in den Zeilen liest, ist nicht so brisant. Außer es handelt sich um ein Geständnis, und nicht einmal dann.

Carlo rieb sich die Ohren und fragte, ob das Raunen zwischen den Lauten nicht ähnlich gefährlich sei?

Was meinst du mit Raunen?

In dieser Aura eines Generalverdachts leben fortan alle weißen Männer, sagte Rainer plötzlich.

Er saß links neben mir.

Ich hatte ihn übersehen. Jetzt machte er sich breit und streifte an mir an. Der einzige Mann in der Gruppe, der niemals einer Arbeit nachgegangen war. So stand es in meinen Aufzeichnungen. Das hatte er von sich kundgetan. Ein Lebemann. Er war vor einigen Monaten zu meiner

Gruppe dazugestoßen. Eine unscheinbare Gestalt, ein bisschen verklemmt, aber mit Potenzial zur Selbstentfaltung, was ich umwerfend fand. Die Natur hatte ihn mit gutmütigem Charakter und der Neigung zur Versöhnung auf der Basis ererbten Vermögens gesegnet, jedoch nicht mit körperlichen Vorzügen. Der Bart schmeichelte ihm auch nicht wirklich. Außerdem hatte er Doggen zu Hause, die auf dem Sofa in seinem Wohnzimmer Platz nehmen durften und auf Augenhöhe mit den Gästen trenzten. Rainer rauchte Zigarre, trank gern Rotwein. Doch rauchte er zu viel, was seiner Haut wirklich nicht guttat, und er hustete und es rasselte in der Lunge. Außerdem schnarchte er.

Wer beginnt heute? Fragte ich, um in medias res zu schreiten.

Wer hat etwas zu sagen, was er noch nie gesagt hat?

Und ich schaute Lilla an. Sie war seit Jahren in meiner Gruppe und hatte noch nie als Erste das Wort ergriffen.

Sie holte nun tief Luft, richtete sich auf, legte die Hände auf die Sesselkante und beugte sich vor, als wollte sie sich vom Sessel abstoßen und in die Redezeit stürzen. Ich hielt mein aufforderndes Lächeln zurück, um sie durch meine Ermutigung nicht zu bremsen. Lilla warf sich in die Lehne zurück, es dauerte ein paar Atemzüge, bis sie sich wieder ein Herz fasste und sagte, dass sie etwas zu sagen hat.

Rainer versuchte ein Husten zu unterdrücken und murmelte etwas in seinen Bart.

Lilla blickte in den Sesselkreis, scheu und gehetzt. Ich wusste, wie anstrengend das für sie war. Ich spürte die Spannung im ganzen Raum, als sie sich aufbäumte.

Das darauffolgende Schweigen senkte sich auf uns und niemand störte Lillas neuerlichen Anlauf, endlich auszuspucken, was sie zu sagen hatte. Jeder hatte Geduld mit ihr hier.

Was versperrte ihr immer noch die Lippen?

Rainer schon wieder. Husten.

Sie sah zu Boden, schämte sich, einerseits für das, was sie sagen wollte, andererseits dafür, dass sie zu feig war zu sagen, was sie sich noch nie zu sagen getraut hatte. Diesen Punkt wollten wir überwinden und deshalb war sie auch regelmäßig im Sesselkreis. Einige von uns hatten ein schlechtes Gewissen. Besser gesagt, das Gewissen war anwesend, weil sie auf einer Party das Licht abgedreht und die Liebe damit eingeschaltet hatten. Es war lange her, obwohl es noch immer gilt, dass es geschehen ist. Nur Lilla war damals übrig geblieben, das hatte sie mir erzählt. Richtig schlimm, oder auch nicht.

Sie begann zu röcheln, ein R zu formulieren.

Die Stille wurde immer stiller, weil sich alle im Kreis auf den geöffneten Mund Lillas konzentrierten und die Mundgeburt ihrer Verkündigung erwarteten. Das Mauerblümchen von damals rang damit, im Mittelpunkt ihrer Freunde und Freundinnen zu stehen. Nur Rainer war unbefangen.

Spuck es aus, dachte ich. Trau dich, Lilla! Die anderen waren nicht gerecht gewesen. Du warst unbedarft und sie hatten dich in die Geschichte hineingezogen. Du hattest es so gewollt. Und dann warst du überflüssig. Und das ist eine Kränkung geblieben!

Es gibt Geheimnisse, die hat man nur für sich, stotterte Lilla plötzlich.

Es passiert dir nichts, sagte ich.

Rainer blickte fröhlich grinsend von Gesicht zu Gesicht, als ginge es um eine Belustigung oder gar Erleichterung für ihn.

Wir kannten uns seit unserer Kindheit, sagte Lilla. Wir hatten uns wieder gefunden, als der Erste für immer von uns gegangen war, setzte sie fort.

Rainer hatte die Arme über der Brust verschränkt und nun löste er sie und legte die kleinen Hände auf die kurzen Schenkel.

Lilla hielt wieder inne, warf einen Seitenblick auf Rainer.

Dann lernte ich ihn hier kennen, sagte sie.

Er wetzte auf dem Sessel hin und her und überschlug die Beine wieder und wieder. Er trug den grauen Pulli und die beige Hose, wie so oft. Ob ihn alles interessierte, was ihm jemand erzählte, stellte ich in Frage. Seine Ohren waren klein, die Augen auch, und seine Worte dämpfte, wie auch an dieser Stelle gesagt, der Bart. Hatte ich ihn wirklich so sehr gemocht? Sein Kopf war wohlgerundet und passte zum Fußball, den er mit Spenden beförderte.

Das Haar war kurz geschoren, seine Mütze bunt und erhob sich am Hinterkopf zum Zipfel. Er war doch eine lächerliche Figur mit diesem phrygischen Attribut.

Nun stieg die Röte in Lillas Wangen.

Darf ich ein Geheimnis lüften, das nicht meines allein ist?, fragte sie.

Wieso nicht, wenn es für dich gut ist?

Rainers Blick trieb auf die Mitte des Sesselkreises zu, durch dessen Leere alle miteinander radial verbunden waren.

Plötzlich zeigte Rainer auf und sagte, ich stelle das in Frage! Man darf KEIN Geheimnis verraten!

Lilla senkte betrübt den Kopf.

Sie ließ den Kopf noch tiefer hängen.

Was Rainer anbelangte, hätte er jetzt lieber nicht grinsen sollen, mir schwante schon, was kommen musste. Die Röte stieg nun auch in meine Wangen.

Lillas Herz schlug so laut, dass man es pochen hörte. Sie ging nicht mehr in sich, sondern stand auf und trat vor.

Sie schnappte Luft, um das Hygieneprogramm für ihre Psyche zu starten.

Sie spürte die Woge der Zuversicht und des bestürmenden Mutes in unserer Neugier. Sie blies und blies auf ihrer imaginierten Flöte und tirilierte. Schlimmer noch, als Triumph dargebracht stand sie verpfeifend da. Sie verpfiff auch mich! Sie wusste es nur nicht. Niemand wollte sich das passende Sprichwort für dieses ermutigte Luder ausdenken.

Ich schluckte. Ihr Geheimnis, das auch anderen gehörte, nämlich uns allen, war banal. Ob es nicht eigentlich existenzbedrohend war, Rainer in die Gruppe aufzunehmen, nachdem wir – na ja?

Lilla sagte: Ich kann nicht mehr kommen, ich habe mit Rainer geschlafen!

Wieso gerade dieser Typ?

Es verging nur eine Sekunde der Stille, bis von links und von rechts ein »Ich auch« aus dem Sesselkreis zu hören war, ja, auf mich einprasselte. Nur ich, die Therapeutin, verschwieg. Im Nu entschied ich mich, die Runde weder zu schließen noch ganz zu beenden, lieber mit einem Stachel in meiner Zunge zu retten. Und wo ist das Problem?

Die Umzüglerin

An unserer neuen Wohnung scheiden sich die Geister. Die Möbelpacker sind hingerissen. Die Klavierlehrerin ist angetan von den sonnendurchfluteten Zimmern. Es sei nicht so unheimlich wie in der alten Wohnung, meinte sie. Die Putzfrau, die Hausmeister und die Briefträger, Leute vom Land und aus ferneren Ländern mögen die Übersichtlichkeit des pflegeleichten Neubaus. Alle anderen, die sich Putzfrauen und Haushälter leisten können, fanden den Umzug in einen neuen Wohnstil unangebracht. Am Tag des Einzugs war ich über die Wirkung dieser Reaktionen auf mich entsetzt. Klar war, dass wir überhaupt nicht in die Wohnung passten, uns neu einrichten mussten. Tisch, Couch, sogar die Kinderschränke. Das Ehebett mussten wir zersägen, um es im rechten Winkel zueinander zu platzieren, um alles unterzubringen. Die Zimmer waren viel kleiner als in unserer alten Wohnung, wo die Möbel höher und ausladender, die Tische länger und die Stühle wuchtiger sein durften. Die Wege waren dort verwinkelter, die Gänge länger als auf dem neuen Dachboden.

Wir sind hier viel näher aneinandergerückt. Die Fenster schließen dicht, so dass wir für frische Luft die Luken aufreißen müssen, um einen kühlen Kopf zu haben und nicht dauernd den Stirnschweiß wegwischen zu müssen. Die Fußbodenheizung funktioniert gut, aber macht geschwollene Beine, wenn man stundenlang am Schreibtisch sitzt. Man muss für die Füße eine Stelle finden, wo die Heizschlingen nicht hinlangen. So sitze ich im kühlen Eck.

Unsere Versatzstücke waren frisch zurechtgestutzt und plötzlich kamen sie uns abgewohnt und schäbig vor. Kopierte Designermöbel passten gut her. Es wird schon werden, beruhigten wir einander, wir müssten uns nur umgewöhnen, nicht umsonst steckt das Wort »wohnen« in diesem umständlichen Verb. Das behagliche Wohngefühl würde sich erst nach ein paar Wochen richtig einstellen, hofften wir.

Nach einer Woche war bereits klar, dass die Wohnung nach Sauberkeit und Ordentlichkeit schrie, also in ihrem Zuschnitt der Architektur einer Vorschrift zur Disziplin entsprach. Da begriff ich, dass Schmutz Platz brauchte und ebenso Unordnung extra und dass das Chaos der Dinge in einer Wohnung, die das verträgt, so viel Platz benötigt, dass das Wort Luxus passt und genau das bedeutet, viel Platz. Die Quadratmeterzahl der neuen Wohnung entsprach der alten, doch die Raumhöhe war um ein Drittel niedriger und die Dachschrägen beschnitten die Kubatur und knickten die Decke, in die Luken gefräst waren. Wir schauten durch diese viereckigen Ausschnitte hinauf in den Himmel und hatten keine andere Aussicht. Jeder Winkel forderte ein geschmeidiges Einleben, nein, Unterwerfung, was wir bei der Erstbesichtigung nicht richtig eingeschätzt hatten. Jede Wohnung zeigt ihr wahres Gesicht erst, wenn die Existenz ihrer Bewohner eingebracht ist. Das Leben ist ein Beziehungsgeflecht zwischen den Bewohnern untereinander und zu den vier Wänden, die bei einem Umzug verändernd auf das ganze Leben wirken. Vor unerwünschten Nebenfolgen jedes Umzugs sollte also gewarnt werden. Das klingt vielleicht lustig, ist aber ernst gemeint. Diesen Satz liebe ich übrigens und ich verwende ihn gern als Mantra. Ja, ich brauche eine Familien-Immobilien-Meditation.

Die erste Nacht brachte schon einen Traum hervor, der nichts Gutes bedeutete. Das Bett des Ehemannes war bereits verlassen, wie es dann Jahre später kommen sollte, und eine aufgebrachte wilde Krähe bohrte ihren spitzen schwarzen Schnabel durch den Schlitz des Schrägfensters im Dach, arbeitete sich mit obsessivem Eifer herein ins Ehezimmer. Als es der Vogel geschafft hatte, seinen Rumpf durch den Schlitz zu quetschen und sich hereinzudrängen und ins Zimmer zu flattern, raste ich aus meiner amputierten

Betthälfte zur Tür, riss sie auf und rettete mich ins Esszimmer. Die Familie saß schon beim Frühstück und ich baute mich vor dem erstgeborenen Zwilling auf und war fassungslos, dass er mich nicht verstand, als ich vom eingedrungenen Vogel, mit den Armen schwingend, berichtete. Der Ehemann beobachtete mich mit ausdruckslosem Vogelgesicht und wandte den Blick ab, während er die Lider wie Deckel kurz schloss und aufklappte, als gerade die Brösel des Müslis seine totale Aufmerksamkeit in Anspruch nahmen. Niemand half mir, den Vogel aus dem Zimmer zu kriegen, niemand war da, der mich auch nur zu verstehen schien. Trotz meiner Angst pickte der Ehemann mit der Spitze des Zeigefingers die Brösel auf und steckte sie sich

in den Mund. Kurz streifte mich sein Blick, dann erhob er sich und in der Garderobe zogen sich die Zwillinge an und alle meine Familienmitglieder flogen aus. Ich erwachte darauf.

Unser neuer Wohnraum ist teuer und extravagant gefällig, vielleicht ist das unser neuer Geschmack. Früher hielt ich die Mischung aus gutem Material mit starken Benutzungsspuren für sympathisch, jetzt erschien das gebrochene Leder der Couch wie eine auf alt spielende Kitschkoje. Natürlich ein Luxus, der uns aber auf Emporkömmlinge und Neureiche reduzierte. Ich stellte die Möbel um und wartete auf das Wohngefühl. Es machte mich immer noch wütend, wenn ich diesen Ton in mir hörte, der meine Sehnsucht nach einem Dachboden angestachelt hatte. Ja, ich wünschte mir eine Terrasse. Ja, ich wollte in den eigenen vier Wänden an die frische Luft kommen. Ja, ich wusste nicht, dass ich ein Dach über dem Kopf brauchte, um zu schreiben. Der Himmel über der Terrasse ist zu hoch und gehört den kreischenden, krächzenden, sich jagenden Vögeln. Es liegt am mangelnden Interesse für meine wahren Gründe, weshalb ich mich auf dem Dachboden nicht wohlfühle. Ich ahnte es von Anfang an. Ich war abgelenkt gewesen und geblendet von der Annonce mit dem niedrigen Preis. Schon bei der Erstbesichtigung war ich überrascht von meinem Desinteresse an meinem unguten Gefühl, das gleich beim Übertreten der Schwelle aufgeflammt war. Auf dem Fensterbrett brannte ein rotes Grablicht. Der Sohn des Eigentümers verhandelte mit uns. Es war eine kurze Verhandlung und die von uns gebotene Summe wurde akzeptiert. Ich war überzeugt, gut entschieden zu haben.

Ich hatte zu diesem Zeitpunkt vergessen, oder aus Desinteresse nicht in Erwägung gezogen, dass die Zwillinge nun schon groß waren. Ich musste keinen Doppelsitz-Kinderwagen mehr durch die Winter- und Sommertage schieben, anstatt ihn einfach auf die Terrasse zum Frischluftschnappen während des Mittagsschlafes zu stellen. Ich lebte selbst unter guten Bedingungen und trotzdem spürte ich diese Muttersorgen um den Einbruch der heilen Welt, wenn wir nicht ausreichend Zeit im Freien verbrachten. Der fleischliche Raum einer Mutter – wie unfassbar in ihrem Körper herangewachsen zu sein, diesen Körper als erste Behausung ausgewachsen zu haben – also, dieser Raum wurde gegen einen sozialen Wohnbau gewechselt, und dann zogen wir in diese gentrifizierte Gegend.

Die ersten Jahre unserer Familie haben sich im Milieu einer Dachwohnung fortgesetzt, die mit eigenen Händen fremder Menschen und mit Maschinen, konstruiert von fremden Menschen, gebaut worden ist. Rundherum ist Stahlbeton. Auch das war mir von Anfang an zu wenig bewusst. Seit ich weiß, dass Stahlbeton unser Gebälk ist, fühle ich die Last auf dem Haupt. Ich verdrängte es anfänglich nur. Verdrängen ist ein anderes Wort für Desinteresse an meinem Unbehagen. Das Unheimliche daran ist stärker und nistet und schlägt dann wie aus heiterem Himmel durch bis mitten ins Herz.

Unser Stahlbetonnest ist auf ein altes Haus der Gründerzeit gebaut. Angeblich hat jedes Material seine energetische Schwingung und atmet sie aus. Und das Wort Stahlbeton klingt schon brutal. Um Bilder aufzuhängen, brauchen wir einen Schlagbohrer für die Fixierung der Haken. Wir haben es lächerlich gefunden, als wir den Dachboden besichtigten, dass das Wort Stahlbeton in unseren Köpfen zu solchen Belastungen und das Material selbst zu diesen Schwierigkeiten führen würden, sodass wir es bald wieder in Betracht zogen auszuziehen. Doch geht das nicht so einfach, denn wir sitzen hier als Eigentümer fest. Es geht uns wirklich nicht schlecht. Wir haben es bis hierherauf geschafft mit viel Fleiß und sozialem Aufstieg und schon auch mit einer großen Portion Glück. Wir haben nun auch eine schöne Aussicht über die Stadt. Allerdings verstellen uns die Bettentürme des Allgemeinen Krankenhauses den Blick – was sich zum Glück nicht wertmindernd auswirken wird, da diese Gebäude von allen Bestlagen der Stadt aus in Augenschein genommen werden.

Ich trage unsere Stahlbetonkrone also mit mildem Bedenken. Ich muss an das Wort Stahlbeton denken, wenn ich schlafe, esse, trinke, und mir vorstellen, was mit dem Dachboden passieren wird, wenn das alte Haus darunter verfallen sein wird, wenn wir schon längst nicht mehr unter den Lebenden sein werden, weil wir alle den Kältetod gestorben sind, bis auf den Stahlbeton, der bereits kalt ist. Sogar die guten alten Tonziegel und der Stuck aus Gips und Stroh an den Decken der unter uns liegenden Geschoße, auf denen wir lasten, werden unter dem Stahlbeton vergangen sein und von Pflanzen überwuchert, wenn die Natur wieder die zivilisatorischen Kräfte ausmerzt.

Ich wurde aus den Gedanken gerissen, wähnte mich allein zu Hause, doch nun ging die Tür zum Kinderzimmer auf. Da niemand heraustrat, sprang ich auf und hielt Nachschau.

Auf dem Boden lagen die Croquet-Schläger und der Freigeist, ein Stoffballen mit Armen und Beinen und Stacheln, die die Zwillinge als Strahlen ansahen. Der Freigeist wurde von mir nach dem Entwurf des Erstgeborenen genäht. Er hatte sich als Igel gezeichnet und das Bild seinem jüngeren Bruder geschenkt. Dieser wollte aber etwas zum Kuscheln haben.

Der Freigeist war wohl aus dem Regal gefallen. Ich war bereit ihn aufzuheben, überlegte und ließ ihn liegen. Denn sonst heißt es, ich kramte in den Privatsachen der Kinder herum.

Das ist ein bisschen viel auf einmal, sagte ich zum Regal, zum Freigeist, zu den Croquet-Schlägern, zur Tür. Keine

Ordnung halten, runterfallen und aufspringen, liegen lassen. Keine Ordnung ist auch eine Ordnung. Ich kam mir vor, als würden die Dinge proben ein Problem auf mich zuzuspitzen.

Jedes Problem lässt sich auseinandernehmen und in Vor- und Nachteile sondieren, dann landet es entweder auf dem Lusthaufen oder auf dem Frusthaufen. Egal wie hoch der Frusthaufen wird, er wird schon kleiner, wenn man ihn anschaut.

Ich räume auf. Der Kühlschrank brummt. Man hört ihn in der ganzen Wohnung, weil unter ihm eine Heizschlange durch das Parkett kriecht und die Schwingungen überträgt. Wir liebten Gegensätze, Stahlbeton und Heizschlange, heute denke ich anders darüber.

Soll ich zum Enthusiasmus über das Dasein greifen? Soll ich mit einer Verharmlosung aller Nöte beginnen, die sowieso nur eingebildet sind, weil der Freigeist ohnehin sehr gut aufgehoben ist? Ein Referat über die Freiheit halte ich jetzt lieber nicht in Zusammenhang mit dem Freitod, der oft auf Dachböden vollzogen wird. Die Zierkappen an den Türbeschlägen stechen mir ins Auge. Glänzendes Zierwerk. Ich gehe in die Abstellkammer und öffne den Werkzeugkasten, entnehme die Zange und zwicke die spitz gezwirbelten Zierhülsen von den Beschlägen. Klingend fallen sie auf den Boden. Wieso sind wir eigentlich umgezogen?

Der Freigeist kann nicht weinen, hatte mein Zweitgeborener gesagt. Das war noch in unserer alten Wohnung.

Wieso?

Er ist zu geschockt. Er hat nämlich gelogen, sagte das Kind.

Wer? Der Freigeist?

Na ja, ich.

Wie jetzt?

Ich werde mich deshalb umbringen!

Keine Lügengeschichte ist so schlimm, dass der Tod vorzuziehen ist, sagte ich.

Doch, sagte das Kind.

Da ist doch nichts dabei, sagte ich, jeder lügt mal.

Niemand lügt so viel wie ich und so lange.

Ich lebe schon viel länger als du und habe immer gelogen.

Aber nicht so.

Das kannst du nicht wissen.

Ich hab seiner besten Freundin erzählt, dass er verliebt in sie ist.

Wer ist seine beste Freundin?

Sag ich nicht.

Nur ein Stichwort.

Mama!

Die Blonde?

Ich muss jetzt dauernd Lügengeschichten erzählen, weil seine beste Freundin immer mehr wissen will.

Wieso hast du gelogen?

Weil ich wollte, dass sie auch mal nett zu mir ist.

Ist das deine Freundin nicht?

Mama!

Was denn?

Die geht ja nicht in meine Klasse.

So?

Ich kann nicht schlafen und mir ist übel, ich muss mich gleich übergeben.

Das kommt von den zu vielen Chips und der Limonade. Hast du deine Eisentabletten genommen?

Mama!

Wann gehst du endlich zur Schule?

Ich geh heute nicht.

Was soll das denn heißen?

Ich fahre nicht nach Mauthausen.

Unser aufgesetzter Stahlbetondachboden hat den wahren Vorteil, dass er keine Nazischuld in sich trägt, weil er damals noch gar nicht existiert hat, wiewohl er auf den Fundamenten des Gründerzeithauses steht. Die Nazis im Familienfleisch sind schon ausgerottet und ihre Aschen stehen im Regal einer Urnenmauer für Namenlose.

Allerdings hat hier auf dem Dach auch noch keine Rettung eines verfolgten oder ausgebeuteten Menschen stattgefunden. Es geht gar nicht um den Freigeist, das Kind hat Angst und will nicht nach Mauthausen.

Es hat genug Geschichtsbewusstsein und deshalb Angst vor den Orten der Zwangsarbeit, des Mordens und des Grauens. Vielleicht sollte ich ihm eher Mut machen, den Gedenkstätten ins Auge zu sehen? Wir leben ja unversehrt in unserem Refugium.

Ich will nicht.

Wovor hast du Angst?

Dass ich ausgelacht werde.

Das saß in meinem Fleisch, als hätte die Krähe aus dem Traum ein Stück Leber aus meinen Eingeweiden gepickt. Als gäbe es ein Begreifen schlug der Verständniston bei mir an. Ich telefonierte mit der Schule. Ich wiederholte nicht, was das Kind gesagt hatte. Es gab ein Gespür für die Sorgen, dass ich nicht wollte, dass wir als Leugner der Gaskammern dastünden, wenn ich den Zweitgeborenen unterstütze, dass er sich außerstande sieht, die Kraft aufzubringen nach

Mauthausen zu fahren. Wie geht es den anderen Schülern damit?

Die Tortur war geschehen. Aber sie geschieht immer noch, davon lesen wir, erklärte ich der interimistischen Direktorin. Kinder nach Mauthausen zu schicken ist vielleicht für den Geschichtsunterricht angebracht, aber nicht jedes Kind verkraftet das. Sie war beeindruckt, weil sie glaubte, wir seien Nachfahren von jüdischen oder nicht jüdischen, aber dort ermordeten Gefangenen.

Der Spuk mit dem Freigeist war viel bedeutsamer als gedacht. Er kugelte noch über den Boden, eingerollter Igel mit seinen Stacheln. Der Wind heulte und die Zugluft jagte ihn, bis er von den metallischen Zierhüten mit einem hellen Klang gebremst wurde.

Offen bleibt: Weshalb wollten wir aus unserem Altbau weg? Wegen eines Nachbarn? Des Hochstaplers? Er hatte uns im Stiegenhaus wutentbrannt angebellt, anstatt zu grüßen, als er vom geplanten Auszug erfahren hatte.

Im Dienst der Wahrheit suche ich die Motive für dieses Verhalten. Und ich kann es mir nicht erklären, woher die Wut des einstigen Nachbarn stammte. Um die Kinder zu schützen, wollte ich weg. Er hatte uns nicht gemocht. Das war alles. Ich darf mich nur nicht mehr rühren, damit nichts anderes geschieht. Natürlich hält kein Mensch diesen Zustand ewig aus. Ewig. Bis zum Lebensende. Wir warten schon lange auf den Frühlingsanbruch, denn in dieser

Jahreszeit boomt der Immobilienmarkt. Spengler haben das ganze Jahr über das Leck auf dem Dach repariert, die Bleche verschweißt. Am Ende haben sie die Haltestangen des dreizeiligen Gitterbandes vergessen. Niemand hat bisher an die Sicherheit der Schneeräumer gedacht. Das kommt alles noch. Vor dem Haus aber setzen wir Stolpersteine ein zur Erinnerung an die vertriebenen Parteien unter uns.

Jetzt ist es so weit, sich keinen Zacken aus der Stahlbetonkrone zu brechen, wenn man sich für andere einsetzt. Vielleicht werde ich mit meiner Existenz den Immobilienpreis heben und eine Spur von Ehrentafeln in allen Wohnungen, die ich je belebt haben werde, hinterlassen. Zum Wohle der Gesellschaft!

Da wurde es schlagartig hell.

Nora schreibt

Der Körper sitzt und schreibt. Die Beine sind übereinandergeschlagen und die Füße sind nackt. Der Stoff fließt über den Schenkel. Die Hand führt den Stift. Die Zähne kauen am Holz. Der Stift klopft den Takt. Literatur ist bis zum äußersten Ausmaß mit Bedeutung aufgeladene, Wort transportierende Rhythmik.

Der Körper streckt sich und geht ins Bad. Dann gerät er in Resonanz mit der Therme. Das Feuer faucht und das Wasser wird heiß. Er stellt sich unter die Dusche, trocknet sich ab, hüllt sich in den Bademantel, holt sich Socken, kommt zurück an den Tisch und schiebt sich ein Kissen unter die Sitzknochen. Er legt die Hand auf die Stirn und richtet seine Augen auf das Handy. Noch kein Anruf. Das Display ist glatt und schwarz. Der Körper hat auch seine Oberfläche und macht sie hübsch. Cremes, Kleidung,

Parfum. Der Körper macht alles, was ihm guttut. Er drängt sich nicht auf, unterwirft sich in keiner Weise. Er ist großzügig und weise und lässt Gedanken freien Lauf. Er verletzt sich nicht, außer dass er manchmal raucht. Der Körper hat noch keinen Schaden erlitten, er weiß nicht einmal, was das ist. Würde ist nicht nur ein Wort, Würde ist eine Frage der Lebensumstände, in die sich der Körper *wie* begibt oder begeben wird. Würde nimmt er in den Mund wie einen Schluck sauberes Wasser und er lässt den Stift auf das Papier gleiten und Deutungen zum abstrakten Begriff ausformen.

Die Lust fließt durch den Kehlkopf in die Luftröhre, durchdringt ein Meisterwek von Ritzen und Muskeln, bläht Bläschen auf, die sonst den Sauerstoff durch die Zellmembran befördern und das Blut sättigen. Trotzdem wird der Mensch nach Glück hungern und dürsten. Erst wenn der Hals wehtut, wenn alles entzündet ist, legt er sich einen Schal um.

Wieder fällt der Blick auf das Handy. Soll der Körper sich zwingen, auf allen vieren den Boden zu putzen, bevor der Besuch kommt? Soll er die Nummer eintippen und die Putzfrau anrufen? Der Tag beginnt für sie später.

Der Körper bewegt sich durch die Wohnung. Die Teppiche sind abzusaugen, das Leder gehört eingelassen. Die Tische muss man nur aufräumen. In der Stimmung, sich Luft zu verschaffen, räumt der Körper die Teller vom letzten Essen weg. Die Maschine geht auf und die

Teller werden hineingestapelt. Biologische Kapseln werden eingeführt und die Gläser mit Gel behandelt. Die Tür des Geschirrspülers schnappt zu, bevor das Wasser prasselt. Die Hände greifen nach der Espressomaschine. Die Finger legen sich um das Ober- und Unterteil des Gerätes und die Hände schrauben die Hemisphären des Gebrauchsgegenstandes in entgegengesetzte Richtungen auf. Das Sieb fällt in die Abwasch, der Kaffee verstopft das Rohr. Der Installateur wird seinen Dienst leisten. Es gibt was Besseres als putzen. Wie wäre es mit einem Spaziergang nach dem Kaffee?

Die Stadt versammelt Spaziergänger, Jogger und Lieferanten, die zu dieser Stunde in die Fußgängerzonen mit ihren Lieferwagen fahren. Die wenigen Araberinnen mit ihren Begleitern vertreiben den Jetlag aus den Emiraten. Die finsteren Gestalten sind auch nur Auswüchse einer Perspektive. Solange es Geschlechter gibt, will der eine vom anderen wissen, was dahintersteckt. Es gibt nur die Beine und Arme, Torsi und Büsten anonymer Stereotypen mit oder ohne Verhängung. Die Gesichter der Puppen in den Schaufenstern verfügen über angedeutete Sinnesorgane, Lippen, Augäpfel, Nasen, die nicht riechen, blind und stumm sind. Die Büsten aus Plastik mit erigierten Nippeln, die sich in den Kaschmirpulli bohren. Die Zehen, das Sprunggelenk, der Unterschenkel, das Knie, das Bein stecken bis zum Schritt in Spitze. Jeder Körper hat seine Funktion und dieser hier hat die Aufgabe, die Latte hochzulegen.

Die Puppe betreibt eine Art Angebot, um eine Ästhetik durchzusetzen, die als Ware den Tausch mit dem Fleisch ersetzt. Momentan fehlen die Konsumenten aus der russischen Föderation.

Der Asphalt glänzt im Regen und die Füße stecken in Schuhen mit laut klingendem Absatz. Rosa bekleidete Serviererinnen räumen die Kaffeetassen von der Theke.

Die Buchhandlung ist geöffnet. Kochbücher für fleischlose Gerichte. Lebensberater und Romane für den Aufenthalt auf dem Lande. Der Körper ist ein Riesenorgan für seinen Eigensinn. Auf dem Regal vor dem Auge stehen lauter Theaterstücke.

So gerät man in den Existenzraum anderer Charaktere. Die Rolle, die eine Männerhand geschaffen hat, heißt Nora. Sie beschreibt die Enttäuschung über ein Frauenleben im Norden. Daneben steht ein Roman über das Frauenleben aus der französischen Provinz. Der Körper packt und trägt sich weg wie einen Koffer.

Der Körper liest das Stück und den Roman. Er schlichtet die Unterschenkel in den Türkensitz. Das Lesen dieser Rollen führt in eine Selbstaufreibung. Eine Frau ist eine Frau ist eine Frau. Lieber allein und im frostigen Freien, als von dieser Minotaurus-Norm verschlungen zu werden.

Was soll man entgegensetzen? Dem Freier die Feier des Lebens als Transfrau?

Mann ist also Frau durch Willenskraft? Der Körper geht durch die Straße ins nächste Geschäft und kauft für den Abend Brot und Wein. Er rechnet sich aus, wie viel Selbstbehauptung es kostet, die Rolle des Körpers niederzuschreiben und aus Fleisch Worte zu machen. Solange die Geschlechtlichkeit existiert, scheiden sich die Geister. Bleiben Sexismen, die sich im Transit von Klischee zu Klischee begegnen.

Der Körper wird in die Rolle einer Domina gedacht. Genau genommen ist das der Trick. Denn eine Domina wird nicht gefickt. Sie macht den Freiern nur die Tür auf und inszeniert ihr bestes Stück. Das Programm steht zum Abruf auf der Website bereit. Gedichte lassen den Körper und seine Seele zusammendenken, ohne ihn zu zerstören. In den Mund wird defäktiert und trotzdem bleibt alles inszeniert. Das ist der Ausdruck für Geld.

Sexarbeiterinnen stricken Pullover. In welchem Stück ist der Körper jetzt? Er packt seine Nadeln und das Knäuel Wolle und schafft sich hinter die Scheibe. Er hebt die Beine und winkelt die Knie. Von draußen kann das jeder sehen. Ein entspanntes Geschlecht, das Pause macht. Das Knäuel liegt davor und so sieht das lesende Auge nichts von der wirklichen Geschichte. Die Sexarbeiterin strickt nach dem Muster obszöner Werke. Lieber ist sie allein und im Freien, als ihre Kinder verschlingen zu lassen. Dann schon lieber sich selbst. Der Pulli ist für das Kind. Sollte es aus seinem Irrgarten der Identitäten nicht hinausfinden, kann es den Pulli auftrennen und an seinem Faden aus dem Irrgarten hinausfinden. So glaubt die Sexarbeiterin an ein Entkommen durch ihr Opfer.

Aber, nein! Das glaubt man nur!

Jedenfalls kann der Körper hinter der Scheibe sitzen und stricken, so lange, bis er die Wolle verbraucht hat. Je mehr Pulli umso weniger Knäuel. Dann kommen die Freier auf eine andere Masche. Die Obszönitäten entwickeln sich parallel zur Selbstbehauptung der Frau. Dabei lügt der Körper nicht. Er zerhackt sich, fragmentiert sich in Stücke und betrachtet die Schwungbeine des Sessels aus der Barcelonagruppe in der Auslage eines sehr teuren Möbelgeschäfts.

Diese Möbel sind zu besitzen, kann man sie sich leisten. Das geht kaum anders. Mit dem Unterschied, dass ein Leben nicht auf das Haben eines Schwungbeines hinausläuft, sondern auf den Gebrauch von ein paar gut durchbluteter Zonen, die für den wärmenden und aus der Irre führenden Pulli geopfert werden. Das Grauen, das Geheul, die Horde. Das Frischfleisch strickt und wartet auf Solidaritätsidentität und einen guten Ruf.

Der Körper landet im Bad und kommt vor dem Waschbecken zum Stehen. Die Hand legt sich auf den Knauf des Kaltwassers. Das Gas für das Warmwasser ist schon zu teuer. Die Finger stechen in den Strahl und leiten die Fluten über den Handrücken, formen Schalen aus den Handschaufeln und führen das geschöpfte Wasser zum Mund.

Da klingelt das Handy, wo erwische ich dich gerade? Im Bad und du?

Einerseits ist der Einzelne auf die Gesellschaft angewiesen, andererseits muss er sich gegen sie behaupten.

Man könnte auch sagen, die Körper sind gut, doch die Menschen schlecht. Daher muss man die Körper vor dem Menschen schützen.

Ist das hübsch? Darf man diese Frage stellen? Selbstverständlich! Jeder, der eines Menschen ansichtig wird, stellt sich diese Frage, ob das und das oder das am Körper hübsch ist oder gar gut. Dazu gehört das Denken mit seinem Kalkül. Es lässt, wenn es klug ist, die Frage offen

oder beantwortet sie nur für sich, um so wie anderen Grenzen nun seine Ziele zu setzen. Was, wenn nur Schutt und Asche folgen?

Heute steht der Körper in der Schlange vor der Kassa. Die Gegenwart bietet ihm ein Ambiente der Normalität, solange die Sprache im Supermarkt angesiedelt ist und Biofleisch gekauft werden kann, das aus dem Kühlhaus und nicht aus dem Laufhaus oder von einem Unschuldslamm stammt. Das Kühlhaus kann auch die Form eines Puppenheimes haben oder andere Institutionen der Gesellschaft als Surrogat der Prostitution. Der Körper bezahlt auch die Frischlandeier, das Hendlinnenfilet ohne Binnen-I. Im Hamsterrad des Laufhauses werden derweil die

Innereien gestoßen, in manchen Fällen ausartend – wie kann das geschehen? Bis das schlechte Gewissen foltert, und nicht einmal dann wird eingeschritten.

Das Puppenheim ist teuer und der Kredit ist ein Killer, und niemand strickt aus roter Wolle das Rezept, um aus den Schulden zu kommen.

Der Faden kann jederzeit reißen, weiterführen und leiten, sich verknoten und sich in Schlingen um den Hals legen, man kann aber auch auf ihm dahinbalancieren. Der Ariadnefaden ist aus Adern gesponnen. So ein Pulli stellt für das ganze Leben eine Ressource dar.

Der Blick fällt auf Kleider, die dem Körper passen. Doch sind sie unpassend teuer. Wieder werden die Füße in die Strümpfe steigen und das Nylon wird die Säulen hochgerollt und am Strumpfgürtel festgeknipst. Der Körper schreckt zurück vor dem eigenen Orakel. Er wohnt im Bühnenbild und auf dem Land. Das Puppenheim ist nicht überwunden, es hat es nie gegeben und der Körper steht selbstermächtigt als Fremdkörper auf der Straße. Wohin in diesen Lebensumständen?

In dieser Stunde des Lebens schöpft er Verdacht, im Publikumsraum zu sitzen und auf sein Leben zu schauen, als könnte er in einem Album blättern und sich in die schönen Erinnerungen wickeln, die er sich als Kind ausgedacht hat. Doch die Gegenwart dauert an und sie hat ein untrügliches Signal. Sie wirkt auf den Körper und diese

Wirklichkeit kratzt. Es wird ihm ungemütlich. Er stellt sich auf die Waage. Die Wirklichkeit verlangt Disziplin.

Er strengt sich mit Hunger und Durst mächtig an, seine Triebe in den Griff zu kriegen. Er nimmt ab, hat keine Lust und verdient Geld. Diverse Substanzen können ihn glücklich machen.

Er steht herum wie der Kasten, liegt im Bett wie die Decke, verzettelt sich wie Nippes, schleppt sich durchs Leben wie ein Requisiteur, dessen Depots leer geräumt sind oder total überfüllt.

Schluckend tritt er über die Schwelle und geht schnurstracks über den Teppich in den Existenzraum des Wohnzimmers. Er isst, atmet, liebt, verdaut, um nur nicht vom Irrtum aufgegessen zu werden. Er stellt die Bücher wieder zurück ins Regal. Er schüttelt die Kissen auf, bevor er die Füße auf das niedrige Tischchen legt und sich zurücklehnt.

In der Nische des Haustores steht der Körper von gestern. Die Haut ist von Wind und Wetter gegerbt. Er trägt einen groben Mantel und nimmt die Münze mit dem Becher auf. Er rekelt sich in der Sonne auf seine routinierte Art. Er streift sich Handschuhe über und schiebt die Finger in die löchrigen Tunnel aus Wolle. Dann wird die Hand wieder aufgemacht. Sie bietet den Körper der Geringsten an. Er wirft sich weg: Die Hand packt zu und steckt ihn in die Tonne.

Die Tonne ist voller Zungen und Herzen. Es gibt keine Haut darin, die spüren will, was sie gespürt hat, bevor sie hier gelandet ist. Die Integrität des Körpers wurde zerstört, nicht würde, wurde. Musiker, die auch auf der Straße als Dienstleister anerkannt sind, legen ihre Instrumente ab, wenn sie freihaben. Körper können ihre Körper nicht ablegen. Nie kann ein Körper sich als Instrument verrichten. Es kommt immer etwas heraus bei einem Körper. Sei es eine Inspiration oder gar ein Kind, sei es der Ekel, sei es nichts.

Der Körper setzt zielstrebig Fuß vor Fuß und hält sich stabil. Im Getöse der Einkaufsstunde, dem Dampfen der Abzugshauben aus den umliegenden Küchen, den Durchsagen der großen und kleinen Gewinne, der Sonderaktionen auf der Bummelstraße, erhebt sich die Stimme einer Sängerin. Sie wird immer lauter, nicht mündiger, aber gehörig. Der Körper ist auf dem Wege nach Hause, wo er sich des Nachts noch gegen die Moral verhalten will. Das Handy gibt einen Laut. Das Treffen in Liebe ist bestätigt.

Die Stimme der Sängerin verliert sich in der Klangfarbe aufkommender Zweisamkeit. Die Sängerin schnappt nach Luft, als wollte sie tirilieren und Fliegen mit der langen Zunge fangen. Von diesem Augenblick an jault sie, anstatt zu singen. Drei Männer gehören zu ihr. Drohende Gestalten, grölend aus sich herausfahrend, stampfend, die Flaschen ansetzend und Passanten taxierend. Das Jaulen der Sängerin bringt sie auf die Idee, für die Aufführung ihres Untergangs, aus dem letzten Loch quietschend, Eintritt zu verlangen.

Der Körper will schnell an dieser Gruppe vorbei.

Die Typen stellen sich ihm in den Weg. Der eine mit dem Bier, der andre mit dem hellbraunen Übergangsmantel, der eine mit dem Glasauge, der andre mit der dicken Uhr, der eine mit der Spiegelbrille, der andre mit dem Kettchen, der eine ohne, der andre mit allem Drum wie der andre Dran. Vor Stereotypie ist niemand gefeit, selbst der Körper nicht, auch ohne Attribute.

Er drängt sich durch das Spalier. Aber plötzlich steht er im Mittelpunkt. Die Typen umkreisen ihn. Bevor sie ihm auf den Leib rücken, erhascht der Körper in der Reflexion des Schaufensters sein unversehrtes Bild. Dazu stechen die Schreie ins Ohr. Der Körper kann sich sehen und erkennen im Gejaule der Sängerin. Das Gesicht ist viel kleiner als gedacht, doch vertraut, während der korporale Rest seine Ausformung als Gewandung verfremdet. Unwichtig fast, aber ein wohlgestaltetes Bild. Die Augenbrauen zucken, als sendeten sie sich ein Zeichen der Skepsis beim Gedanken, das bist du. Die Nase, der Mund, das Kinn, der Hals, auch der dich kleidende Mantel sind in ein ungewohntes

Körperbild geraten. Das Ansehen dieses Körpers hat nun fremdgesehen betrachtet ein austauschbares Format. Er steckt in hochhackigen Schuhen, was ihm Zuschreibungen einbringen kann. Deutlich aber tritt bei der Ansicht dieser Gestalt zutage, dass der Körper Geld in der Tasche hat. Die Sängerin verliert jede Tücke in diesem Moment. Sie hat Zähne und zeigt sie. Aus der Kehle quetscht sie die letzten Krächzer. Die Typen übernehmen die Regie und flüstern den Körper umzingelnd ganz nah am Ohr: Hörst du nicht ihre Lieder?

Die Jaulerin singt sich um Leib und Seele, und wovon soll sie leben, wenn der Körper nicht dafür zahlen will? Wie soll sie ihre schöne Stimme erhalten? Für diese Leistung nichts kassieren?

Die Typen holen aus. Der Schlag wird gebremst. Der Körper trifft die Hand des einen oder anderen, Passanten können weitergehen. Der Körper öffnet den Mund und bellt gegen die Bedränger: Pfoten weg. Das reicht zwar, um den Griff zu lockern. Dennoch hat die Handgreiflichkeit stattgefunden. Die Not nimmt zu. Die Sängerin stößt ihre schwachen Schreie aus. Ihr elender Körper lehnt an der Mauer. Die Gewalt steckt im Zugriff, der durch den Stoff geht, durch den Pullover, durch die epidermischen Schichten, bis nichts mehr da ist als das Gewimmer. Die Wut, die jetzt aufflammt und im Gehirnlappen diese

Geschichte in Gang gesetzt hat, die sich in diesem Augenblick als Geschichte der Sängerin versteht, wird zu einer Geschichte gegen die Verwerfung des Körpers.

Also, her mit der Kohle für seine Integrität.

Geheimnis und Gewissen

Zügel einer Dreiergeschichte

Richard erklärte Liz, dass sie eine gute Tänzerin ist. Nachdem Liz Richard aber verschwiegen hatte, dass er ein schlechter Tänzer ist, fragte er sie ein anderes Mal, ob sie mit ihm einen Kurs belegen wolle. Leichte Übelkeit befiel sie, weil sich ein weiteres, viel schlimmeres Geheimnis aufdrängte, das mit dem Tanzen nichts, doch noch viel mehr mit Richard zu tun hatte. Sie errötete vor Scham, weil sie sich in Richard versetzte und sich vorstellte, er würde ihr die für sie so peinliche Wahrheit äußern, eingestehen, dass sie nicht nur schlecht tanzt, sondern auch stinkt. Weil sie aber schwieg und dabei errötete, dachte Richard, sie sei in ihn verliebt.

Warum hatte sie keine Lüge erfunden und keine Ausrede gefunden, um dieses Missverständnis gar nicht aufkommen zu lassen? Richard war der Partner ihrer besten Freundin, daher wollte sie keinen der beiden kompromittieren.

Zwischen finden und erfinden liegt der Unterschied von Lüge und Ausrede, meinte sie still. Ein tiefer liegendes Geheimnis enthüllte sich Liz aber in der genaueren Analyse des Vorfalls und ihres Dilemmas.

Ein stinkender und schlecht tanzender Richard ist Liz nämlich unbewusst lieber, als ein Wochenende allein zu verbringen. Drängt nicht die Unmöglichkeit, sich direkt mitteilen zu können, in die unbehagliche Einsamkeit? Ich würde gerne mit dir tanzen, wenn du dich öfter wäschst, könnte Liz Richard sagen und damit in Aussicht stellen, dass Übung den Meister macht – sowohl in der Pflege des Körpers als auch des Tanzes.

In diesem Zwist mit sich selbst hatte Liz die Erfahrung gemacht, dass das Gewissen eine Staumauer gegen die eigene Überflutung von Direktheiten ist. Sie muss sich vor ihren Indiskretionen schützen, die über sie hereinbrechen könnten – alle Ferkeleien, Gelüste und Tabus zählten dazu.

So auch im Falle des Tanzkurses. Liz überwand sich, weil ihr die Wahrheit nicht zumutbar war, obwohl sie sie kannte. Richard, der potenzielle Tanzpartner, hatte auf die Zusage gewartet, diese erhalten und sich außerordentlich darüber gefreut. Er gab Ort und Zeit der Veranstaltung und des Tanzseminars bekannt und teilte noch eine Bitte mit. Nämlich Liz' bester Freundin, die auch seine Intimpartnerin war, unbedingt zu verheimlichen, dass er mit Liz das Tanzseminar besuchen wollte. Sofort meldete sich Liz' Gewissen. Moment! Was kommt hier für eine Lawine aus Eifersucht, Zorn und Missgunst auf sie zu?

Der Unterschied zwischen Geheimnis und Gewissen spülte sich hoch. Das Geheimnis bindet aneinander und das Gewissen entscheidet über den Schutz und den Bestand dieser Bindungsbezüge. Moment, sagte Liz wieder, und ihr Gewissen richtete sich auf. Freilich, es handelte sich nur um einen kleinen Tanzkurs in diesem Beispiel. Doch ließe sich für Richard jeder Bündnispartner einsetzen. Es macht einen Unterschied, mit wem wer heimlich tanzen gehen will. In diesem Beispiel ist nur die Heimlichtuerei wesentlich. Wer von den Bündnispartnern der schlechtere Tänzer ist oder gar der bessere Stinker oder beides gleichzeitig, ist im Grunde egal.

Liz wollte nicht Gefahr laufen, eines Verrats überführbar zu sein, einer Bösartigkeit, nur aus einer Beiläufigkeit. Sie war loyal und im Bund mit der besten Freundin. Für dieses Wort kann man auch das Wort Welt einsetzen, Beruf oder Berufung. Kurz: Ist Liz Freundin, bleibt sie Freundin! Sie wird niemanden ausbooten, geschweige denn, die neue Freundin von Richard werden. Die Konsequenzen musste sie bedenken. Was dachte Richard eigentlich? Wollte er sie erobern? Sie dazu bringen, dass sie seine Geliebte wird? Einen Loyalitätskonflikt erzwingen?

Also schrieb Liz Richard, dass sie die Geheimnistuerei nicht in Ordnung findet und er das Problem, das er hat, nämlich nicht mit seiner Freundin, sondern mit Liz tanzen gehen zu wollen, selbst lösen soll. So kann gesagt werden, dass Geheimnisse aus nicht gelösten Problemen entstehen und das Gewissen aus der Überprüfung von

Loyalitäten, die durch Geheimnisse zutage treten. Vieles ist problematisch, alles eigentlich, weil unsere unbewussten Wünsche dauernd Geheimnisse schaffen. Sie sind nicht einfach zu erfüllen und auch nicht einfach zu lösen. Die Empörung darüber richtete sich an alle Richards dieser Welt.

Doch das Gewissen ist kein Richard, das Gewissen ist die Beziehung zur Welt mit oder ohne Richard.

Liz blickte auf ein reines Gewissen wie von einem hohen Ross herab. Sie hatte die Zügel in der Hand. Richard war lästig und stinkiger als je zuvor, weil er Liz oder die Freundin einspannen wollte, auf jeden Fall einspannen wollte. Er teilte schließlich mit, dass es kein Problem ist, miteinander tanzen zu gehen, dass er es sich aber nun anders überlegt hat. Liz wusste, dass er eine Ausrede verwendete, weil ihr Gewissen zu seinem Wissen geworden war, und sie ihn jetzt anstank. Sie hatte in Richards Augen Richard verraten. Das war jetzt gar nicht so einfach in Sprache zu raffen. Denn diese Anekdote beruht auf einer wahren Begebenheit und alle darin vorkommenden Personen werden sich erkennen, was aufgrund einer guten Geschichte das literarische Gewissen vertreten kann.

Dabei hat Liz zum Thema *Wissen und Gewissen* noch etwas ganz anderes zu sagen. Erstens gibt es Geheimnisse, die sowohl durch das Lüften als auch durch das Bewahren Schuld entstehen lassen, falls das Schweigen einen Missstand und die Aufdeckung einen Verrat darstellt.

Zweitens kann das entlastete Gewissen durch die Lüftung des Geheimnisses zu Unrecht oder zu Recht andere belasten. Drittens können Geheimnisse gewaltige Veränderungen hervorbringen, die das Gewissen neu justieren. Drei Geschichten schrieb Liz dazu. Sie harren ihrer Prüfung.

Uncanny Valley

Unheimliche Nähe

Die Sekretärin versteht ausgezeichnet Englisch. Meine E-Mails hat sie nur auf Japanisch beantwortet. Nun stehe ich in ihrem Büro. Sie hebt die Hand und geleitet mich weiter. Vor einem Filmplakat bleibt sie stehen, dreht sich mit einer leicht angedeuteten Verbeugung um. Ihr Nicken ist zart und lenkt die Aufmerksamkeit auf die Ankündigung des Hollywood-Blockbusters. Der Name ihres Chefs findet sich unter den Credits: als Berater für Robotik. Auch im Film *Sayonara* ist die Hauptrolle mit einem Androiden besetzt, den er entwickelt und gebaut hat. Erstaunlicherweise verkörpert der Android eine Frau. Ich wollte den Experten Hiroshi Ishiguro befragen, wie er in seiner Programmierkunst die Geschlechter der Automaten unterscheidet. Sind ihre Innenleben gleich und nur die Silikonhaut und ihre Ausbuchtungen geschlechtlich differenziert? Daraus ergibt sich die nächste Frage nach der Farbe der Haut, die die Maschinen übergezogen bekommen. Wer entscheidet sich für welche? Und aufgrund welcher Motive? Was sagt die Hautfarbe meines Personal Roboters über mich aus? In *Sayonara* hat der Roboter die Gestalt einer japanischen Frau mit langen Haaren. Der Roboter ist eine Sterbebegleiterin und sitzt am Bett einer weiblichen Europidin. Sie wird der kaukasischen Menschengruppe zugeschrieben, in atomverseuchter Zone. Eine interessante Beziehung zwischen einem japanischen Roboter und einer Vertreterin des Menschengeschlechts, die mit unüblich gewordenen Sammelbezeichnungen für Menschentypen klassifiziert wird.

Die anrührende Szene zwischen der Sterbenden und der stumpf geradeaus sehenden Puppe strahlte Schönheit und Stille aus. Diese würdevolle Atmosphäre in der Stunde des Todes mutete ergreifend an. Der Roboter zeigte durch seine maschinenhafte Distanz Gefasstheit und spiegelte die Haltung wider, wie man einem nahen Menschen zur Seite stehen möchte, der in Würde und Ruhe, vielleicht nach langer Krankheit, langsam verdämmert. Im Film erschien die ewige Ruhe durch die tote Materie des Roboters vorweggenommen. Ich befragte meine eigene Fähigkeit, in der Ausdruckslosigkeit des Robotergesichtes Trost zu finden. Er wirkte fortschrittsfroh, selbstbewusst und geduldig, und das beruhigte, es gab keine Eile beim Sterben. Die Augen schimmerten zwar, doch waren sie ohne Blick.

Vielleicht verzeihen wir einer Maschine, dass sie eine Maschine ist, weil sie eine Maschine ist, und fühlen uns nicht getäuscht, selbst wenn sie uns über den Unterarm streicht und menschliche Nähe nur simuliert. Schöpfen wir Trost aus der Tatsache, dass die Maschine uns überdauert, weil sie tot ist? Sie hat den Raum des Symbolischen schon verlassen, während uns der Point of no Return noch bevorsteht. Die Sterbende scheint mit ihrem Tod einen Lebensvorsprung zu haben, den die begleitende Androidin nie und nimmer erfahren kann.

Ich würde später einen buddhistischen Tempel besuchen, um Trost in menschlicher Materialbeherrschung zu finden. Im Hof wäre ein Steingarten angelegt und der Mönch rechte das Kiesfeld. Seine Bewegungen flössen wie automatisch durch den Stiel in die Zähne des Rechens. Seit über 600 Jahren ordneten sich die Steinchen zum immer gleichen Muster des sich wellenden Meeres. Und dennoch würde eines Tages die Natur auch diese 600 Jahre alte Geste hinwegwischen. Jeder Rest, den die Menschheit zurücklässt, würde mit ihr ausgelöscht werden. Auch der ROB, der hier Einzug nehmen und bis dahin den Mönch ersetzen könnte.

Hiroshi schuf nicht nur einen Androiden, er baute einen Doppelgänger, um die Wirkung des Unheimlichen zu erforschen. Der Professor porträtierte sich in seinen Marionetten, die an Kabeln hängen. Er war sehr groß für einen Japaner, sehr schlank und geliftet. Kein

Mensch, so sagte er, wisse, was das Bewusstsein ist. Er bilde Menschen ab und schaffe Doppelgänger, auch auf Bestellung.

Als er den Roboter zum ersten Mal einschaltete und dieser die Augen aufschlug, seine Pupillen von links nach rechts lenkte, den Kopf wendete und sich aufrichtete, fühlte sich der Robotiker nicht bedroht oder bestätigt, sondern berührt von der zärtlichen Unheimlichkeit eines Zaubers. Er bewunderte plötzlich den biologischen Körper, seine Fähigkeit zum Stoffwechsel, die zerebrale Verknüpfung aller Sinne, den aufrechten Gang. Jahrelang hatte Hiroshis Abteilung herumgebastelt, wie ich flapsig formuliere, und hatte schließlich Fragment für Fragment einen Doppelgänger von ihm und einen von seiner Tochter konstruiert.
Als sehr kleine Kinder nehmen wir den Körper nur als kopfloses Etwas wahr. Arme und Beine hängen zwar sichtlich am Rumpf, doch ist alles mit einem Schluckvorgang verbunden, der nur spürbar, aber nicht sichtbar ist. Erst später, im Spiegelbild, sehen wir den Mund im Gesicht und stellen den Zusammenhang zum Schlucken her. Das Erlebnis der Überraschung, das Tor zum Verdauungsapparat entdeckt zu haben, wiederholt sich beim Anblick des Doppelgängers, wenn er seine Lippen bewegt, um das Sprechen, um Mündigkeit zu simulieren.

Es gibt Menschen, die lieber mit Puppen als mit Menschen leben. Die wollen gar nicht, dass diese sich bewegen, dauernd die Mimik ändern und zurückreden.

Die Roboter mussten ans Stromnetz, und Hiroshi Ishiguro hatte den nächsten Termin. Der Robotiker wirkte an der Bühnenfassung von Franz Kafkas *Verwandlung* mit. Das Menschenmanagement hatte die Rolle Gregor Samsa durch einen Roboter ersetzt. Das Objekt spielte das Ungeziefer.

Mich brachte das Stromnetz auf Schiene nach Yokohama. Ein Katzensprung, wie stets in Japan. Ein von Schienen durchzogenes Laufwerk, das es einem ermöglicht, gewaltige Distanzen in Kürze zu überwinden. Man vergisst dabei nur, dass auch der Shinkansen erst einmal erreicht werden muss, was umständlicher und zeitraubender sein kann, als man angenommen hat.

Die Geschwindigkeitsschwankungen werden von Leuchtdioden penibel angezeigt. Dass Passagiere sich bei dieser hohen Geschwindigkeit nicht anschnallen mussten, wunderte mich. Den Service an Bord, wie auf Englisch erklärt wurde, erledigte eine menschliche Stewardess. Ein ersetzbarer Job. In Zukunft werden Roboter Roboter bauen, um noch winzigere Roboter zu entwickeln, die in unsere Gefäße kriechen, um Auskunft über den Zustand des Blutes zu geben, Ödeme und Krisenherde in den Herzkranzgefäßen und Gehirnen aufzuspüren. Das Uncanny Valley liegt in uns.

Das Seniorenheim Fuyoen in Shimonagaya stand auf meiner Liste. Ich wollte noch einen anderen Roboter besuchen, dessen belebende Wirkung auf alte Menschen legendär ist.

Der beigefarbene mehrstöckige Komplex ist das alte Herz von einem Wohnviertel, das stadtrandmäßig grün und verkehrsberuhigt liegt, jedoch zu den Kerngebieten von Yokohama gehört. Shibata Takanori ist pausbackig, jugendlich, lächelnd, mit angegrautem Haar, entspannt. Er wirkt zugewandter als der spannenlange Ishiguro, dessen drahtig-dürre und monotone Sprechweise bei mir ein Gefühl von Skepsis auslöste. Vielleicht war es auch nicht der echte Ishiguro, sondern einer seiner Doppelgänger, dem ich die Hand gedrückt hatte.

Die Eingangshalle des Seniorenheims war menschenleer. Rechts die Rezeption, auf dem Pult ein kleiner Seehund. Seine Augen visierten mich, die Wimpern senkten sich mit den Lidern, das Kinn blieb auf dem Tresen liegen, während die Knopfnase schnuppernd gerümpft wurde. Dann hob der kleine Seehund den Kopf und winselte.

Der Körper des Tieres hat keine sichtbaren Ohren. Er besteht aus einer Batterie, Mikrochips und einem Computersystem. Ihm ist das Fell über die Audiosensoren gezogen worden. Am Bauch wird der Anzug mit einem Reißverschluss zugezogen. Das Fell ist antibakteriell und mit einem Spray zu reinigen. Der Anzug aus Kunstfaser ist handgenäht, sorgfältig verarbeitet, sodass keine Naht zu spüren ist. Selbst der Reißverschluss lässt sich nicht von einer menschlichen Hand ertasten, sodass die Illusion von der Echtheit des Seehundes nicht zerstört wird. Auch hier sucht man Bestätigung für die perfekt gelungene Simulation.

PARO, der kleine Seehund, wird als Maschine akzeptiert, die einen kleinen Seehund mimt. Das Machwerk wird umso lebendiger, als der Seehund kein Seehund, aber als künstlicher Seehund ein echter künstlicher Seehund ist.

In Japan nimmt die Liebe zu den elektronischen Gefährten zu. Sie beginnt die Zuneigung zu echten Haustieren zu übersteigen, die mehr Platz und Pflege brauchen. Wie richtige Menschen ja auch. Die Robot-Pets werden als therapeutische Hilfsmittel eingesetzt. Sie sollen Emotionen und Affekte stimulieren.

Als ich den Automaten sah, auf dem Tresen liegend, in der großen Halle, mutterseelenallein, wie ich mich übrigens auch selbst empfand, war meine erste Reaktion die Erzeugung eines körperlich warmen Gefühls. Das Tierchen strahlte den Liebreiz menschlichen Forscherdranges in Gestalt von Fürsorgetechnik aus.

In Europa genießt das Auto mehr emotionale Zuwendung als ein Haushaltsroboter. Ob die Maschine vermenschlicht wird oder der Mensch vermaschinisiert, wenn er auf das Gaspedal tritt? Wiederholt der Motor das Urwaldknurren und der künstliche Seehund das Urwaldschnurren satter Tiere? Wir sind unbewusst und in basaler Form zu triggern.

Ein Rudel von zwölf Seehunden wird in Yokohama eingesetzt, um Alzheimer im Seniorenheim zu bekämpfen. Die Roboter sind lernfähig, unterscheiden Stimmen, messen Druck- und Berührungsstärken und ordnen sie ihren

Usern zu. Sie simulieren Sprachmelodien und stimulieren hundertsiebzig Patienten, davon fünfzig mit schweren mentalen Erkrankungen. Alterserscheinungen, sagt mein Begleiter, die vielleicht sogar ihren Sinn haben, weil sie den Schmerz über den Verlust der Lebenskraft mildern und den Übergang zum Totsein erleichtern. Man kann sich das Leben nehmen, man kann sich aber nicht zum Leben zwingen. Wer auf den Körper Zugriff hat, besitzt Spielraum mit inkorporiertem Kapital.

Shibata Takanori nimmt sich die Zeit und lädt mich ein, seine Robotik im therapeutischen Einsatz zu besichtigen.

The personal robot. Der Name Paro ist eine Kombination aus den Anfangsbuchstaben des englischen Terminus', bedeutet für Japaner aber tatsächlich: »PARO ist willkommen«. So sagte man mir zumindest. Der Apparat wirkt viel raffinierter auf die Psyche, als man glauben mag. Shibata Takanori ist weder Psychologe, Künstler noch Techniker. Er bezeichnet sich selbst als einen faulen Menschen, der während seines Studiums an der Nagoya University die Beziehung von Mensch und Tier studiert hat. Nirgendwo sei das Tier dem Menschen gleichgestellt, sagte er. Die Rechte würden diskutiert. In Japan sei der Hund ein Haustier, in Korea werde er gefressen. Außerdem ändere sich das Image der Tiere auch innerhalb einer Kultur. Und in allen hochtechnisierten Gesellschaften gerate ein plüschig verkleideter Staubsauger mit aufgeklebten Attrappenaugen eher zum Freund als ein haarendes

Tier. Die Synthese von Technik, Haptik, Psychologie und Verhaltensstudien macht die Wirkung einer Beziehung zum künstlichen Geschöpf aus.

PARO ersetzt keine Kommunikation, aber er unterstützt sie. Man spricht über ihn, durch ihn und mit ihm. In Therapiegruppen funktioniert PARO auch als Teilnehmer. Die maximale Größe der Gruppe umfasst vier Personen, um mit PARO über PARO zu sprechen. Er fiepst und zittert mit seinen Flossen, sobald er die Stimmen seiner Patienten erkennt. Sein Einsatz reduziert die Dosis der Medikation, schwächt Depressionen und erzielt nachweisbar positive Erfolge schon nach zwei Monaten. Die Regierung hat PAROs Nutzen gesundheitsamtlich bestätigt.

Die Babyrobbe ist zwar unterdessen schon sechzehn Jahre alt, doch für alle ist sie ein exotischer Gast im Seniorenheim. Niemand hat je eine Babyrobbe als Haustier gehalten. Daher ist die Bereitschaft groß, das Gerät als Robbe zu akzeptieren. Scheu würde erst einsetzen, wenn tatsächliche Erfahrungen mit der Spezies bestünden. Shibatas Idee von »Robbe« hatte sich einst auf ein Bündel Haare, Augen, Fiepsen und Vibrieren beschränkt. Die Geräusche sind dem echten Tier nachempfunden. Und wie reagieren Eskimos, Inuits und Yupiks, die Seehunde gewohnt sind, auf PARO? Selbst in Grönland gibt es eine Station, in der PARO zur Therapie eingesetzt wird. Daraus können wir ableiten: Menschen akzeptieren im Prinzip künstliche Wesen, wenn sie bleiben, was sie sind – künstlich.

Wer sich ein Haustier deshalb nicht anschafft, weil es schmutzt, Zuwendung braucht und dennoch nach ein paar Jahren stirbt, kann sich eine elektronische Variante anschaffen, die dauerhaft sauber und gewohnt anschmiegsam bis zur Verschrottung bleibt. Man ist auch mit einem echten Tier nur fremdvertraut. Wer mit Katzen gelebt hat, weiß, wie kurz die täglichen Zeiten sind, die man wirklich miteinander verbringt. Etwa zwanzig Minuten. Diese Einheiten genügen auch mit PARO für das Wohlbefinden. Etwa 500.000 Yen (5.000 Euro) kostet die Robbe. Viel billiger wird es nicht werden, da die Handarbeit teuer ist, die ein Mensch dafür aufwendet. Die Lebenskosten dieser Menschen sind immerhin gedeckt. Das Hybridwesen aus artificial intelligence und animal wird an der Westküste Japans in Toyama fabriziert, wo einst Hausfrauen wegen der Preispolitik für Reis rebellierten, um eine Hungersnot abzuwehren. Für das Wohl isolierter Menschen wird nun elektronisches Spielzeug hergestellt und das soziale Sterbezimmer in ein Spielzimmer verwandelt. Geht's noch? Klar doch! Wenn es hilft?!

Die Eingangshalle war leer, nur PARO lag noch auf dem Tresen und fiepste. Ich ging langsam auf die Robbe zu und streichelte verstohlen über ihr Fell. Das Stofftier war weich, vibrierend, rührend vital. Als ich Schritte hörte, zog ich die Hand zurück und verschwand schnell. Wenn ich heute daran denke, dann mit dem kribbelnden Gefühl in den Fingern.

Die Beichte

Wenn Rick ein Geheimnis hat, also eine Information, die nicht mitgeteilt werden soll, dann sieht Mona ihm das sofort an. Denkt sie. In ihrer Beziehung zu Rick herrscht Befreiung von jeder Trübung der Lebensqualität. Es ist ohnehin schwer genug, das gemeinsame Leben zu pflegen und einander zu umsorgen. Das Geheimnis dieser Symbiose liegt im Gelübde, einander nicht wehzutun. Das sperrt niemanden ein und gibt immer zum Nachdenken Futter. Langsam schälen sich die Dinge heraus, die Mona und Rick zu schaffen machen, die sich in Sprache äußern könnten, zwischen ihnen dann doch lieber nicht. Die Schmerzlosigkeit legitimiert Lügen auszuformulieren. Aber einmal im Jahr gibt es die Beichte, um die Symbiose psychohygienisch durchzuputzen. So kommen viele Ypsilons und Us zur Sprache, einen Frequenzbereich von zwanzig bis sechzehntausend Hertz umspannend. Für den richtigen

Schalldruckpegel braucht man noch ein gesundes Gehör, Takt. Der Mut zur Beichte entspringt überhaupt der Entschlusskraft, verlogene Mythen, die sich um große Lieben handeln, hinzurichten. Diese Fähigkeit ist ein Werkzeug zur Aufrichtigkeit und vielleicht auch zur Herzensbildung. Darauf kommt es zwischen Rick und Mona an. Jedes Geheimnis hat ein Ziel. Es will zwischen mir und der Welt, Mona und Rick, dem Text und dem Leser Bindung straffen, wo sich Bande bereits geknüpft haben. Das ist in jeder Familie so, wie bei jedem Geheimbund. Ein Geheimnis zu teilen, ein Wort, einen Griff oder sonst irgendein Zeichen des Erkennens ist viel bindender, als man denkt. Ohne diese Zeichen gäbe es für gewisse Bünde gar keine Einweihungsrituale.

Als Rick nach Hause kam, brach bereits der Morgen an. Sein Geheimnis war ihm nicht anzusehen, sondern zu riechen. Trotzdem wollte er schweigen wie ein Grab, es entsprach nicht seinem Charakter. Für einen solchen gibt es Beichtstühle. Der Punkt, von dem aus es keine Umkehr mehr gibt, bedeutet einen Neuanfang. Rick rechnete mit Absolution und wollte Buße tun, als die Sprechblasen zwischen den Lippen hervorquollen und er sein Geheimnis für Mona lallend hörbar machte. Es war halt doch zu viel Droge in ihm.

Dafür kann man Geld verlangen und bekommt es sogar angeboten, wenn man etwas ausspucken soll. Das kommt dann aber von außen auf einen herein, etwa in Form eines Kriminalinspektors, der einen verhören will, oder in Gestalt eines gegnerischen Anwalts, der in einem Scheidungsverfahren die Schuld, die es theoretisch nicht zu ahnden gibt, nachweisen will.

Das Geheimnis ist eine Information, die der Öffentlichkeit nicht zugänglich ist. Eine Information zu haben macht einen Unterschied zum Leben ohne diese Information. Der Unterschied setzt eine Grenze zwischen Vorher und Nachher. Dieser Grat ist dünn und deshalb ist es so wichtig, genau den Punkt der Irreversibilität zu bedenken. Er bedeutet Aufbruch oder Stillstand.

Monas Kopf lag im Morgenrauschen des Polsters, als die Tür quietschend auf- und zuging. Der Mantelstoff rauschte und auch das T-Shirt, als es über den Kopf gezogen zerknüllt in den Wäschekorb flog. Der Vorhang, die Dusche, der Vorhang, der Bademantel. Der Bademantel, die Decke, das Kissen. Bist du schon oder noch wach?

Das Geheimnis ist tief in Rick drin und trotzdem bildet es schon eine Blase aus, in der eine neue andere Mona, nenne sie Lisa, reift. Das wildeste Geheimnis, das er mit Mona teilt, ist eine Seite, von der er gar nicht weiß, dass er sie hat. Nämlich Mona selbst, diese Hälfte, obwohl sie ganz für sich ist.

Von den Augen liest sie seine geheimen Wünsche ab. Sie sieht das Gewisse nicht. Man kann in großen oder kleinen Portionen die Anzeichen sehen und zur Erklärung ordnen. Die Analyse hängt vom Talent zum Verstand ab. Manchmal genügt der Kauf eines schweren Rotweins, um sich Erleichterung zu verschaffen. Auch Abführmittel. Oder ein Kinofilm. Oder eben eine Beichte.

Du – ich muss dir was sagen.

Gewiss – sagte damals Mona noch neugierig auf das Geständnis seines Seitensprungs. Sie war sich seiner Treue sicher gewesen. Doch nun kam der Bruch ins dünne Eis, auf das Beziehungen ihre Spuren ritzen. Sie würde auch, selbst nach ihrer Scheidung, verheiratete Männer immer übersehen.

Rick hat mit seiner Beichte Mona für immer freigesprochen. Für ein Ruhekissen hat beider Einkommen gesorgt.

Zu einer partnerschaftlichen Wirtschaftsgemeinschaft gehört das Teilen von Tisch und Bett. Dort ruht der Kopf und Rick schließt die Augen, sodann steigen die Erinnerungen hoch, oder steigt Rick in sie ein. Lippenfleisch küsst Sand und die Gischt kommt darüber. Der Schaum platzt, die Bläschen bröseln und verflüssigen sich, sickern in die Haut und in den Stoff der Wäsche. Es gibt Geheimnisse, die man vor sich selbst hat. Schon als Kind hatte Mona ihr »auf das Klo gehen müssen« so gehasst, dass sie dieses nicht als solches benannte. Der Gang war finster und kalt gewesen. Der Wind flüsterte in den Winkeln des Hauses seine Kreatürlichkeit aus. Steine und Mörtel, Fichtenzapfen und Laub. Wände, Decke und die Bodenbretter ergaben einen engen Raum, in dem das Porzellan stand, auf dem sie hockte. Aber vielmehr Wagnis versprachen noch die Räume innerhalb ihres Körpers. In diesem hauste etwas, was sie auszumerzen trachtete, um das Ungewisse, Zweifelhafte in ihr in das Porzellanräumchen unter ihr auszuquetschen. Selbst wenn man im gleichen Raum mit ihr wäre, könnte man nicht erkennen, wie sehr sie sich über die geheimen Mitteilungen ihres Körper schreckte. Sie unterdrückte auch sehr gut ihre Autoerotik. Obwohl Rick sich nun aufstützt und an der Decke nestelt und die Haare zur Seite schiebt, die sich über dem Ohr der maunzenden Mona kringeln, meint sie, ganz hinter ihm zu stehen, als er seine unbeabsichtigte Vaterschaft beichtet, die ja weder ihn noch Mona beeinträchtigen wird. Wie bitte?

Das liegt daran, dass sich nicht nur jeder, sondern eben auch das Gewissen sich erleichtern muss.

Was redest du hier?

Mona setzt sich auf.

Das Geheimnis ist nun keines mehr. Aber selbst als das Geheimnis nicht mehr Geheimnis ist, entpuppt es sich als Geständnis und Dämon des Misstrauens, der nun in Mona zu hausen beginnt und in ihre Innenräume von den Kammern des Herzens aus bis in die Eingeweide dringt. Der Verrat des Ehegelübdes ein Gift, das nun durch den Magen geht wie sonst die Liebe. Alles, was etwas ist, kann man nämlich teilen, wieso nicht auch die Eifersucht. Schaut man sich sein Gesicht im Spiegel an, wohnt auch im eigenen Gesicht ein Zucken, ein Runzeln. Was zeigt es an?

Danke für deine Ehrlichkeit, sagt Mona. Sie richtet sich noch gerader auf und meint, sie sei darüber hinweg, Eifersucht zu verspüren, nur weil der Mann einmal fremdgegangen ist. Sie steht auf und nimmt auch eine Dusche und schaut sich im Spiegel an. Sie geht in die Küche und mahlt langsam den Kaffee zu Staub, streut ihn in die Kanne und wartet, bis das Gebräu hochkocht.

Der Tisch hat ein Geheimnis und die verleimte Platte durch die wilde Maserung.

Seit wann läuft das schon zwischen euch?

Sie steht auf der Schwelle zum Schlafzimmer. Da ruht er, der Rick, mit seinem Kopf auf dem Polster.

Und da erzählt man sich von einem neuen Leben oder sucht eines in der Art, wie der Bart gestutzt ist, die Fingernägel geputzt sind, ob sie wohl keinen Trauerrand tragen. In Erfahrung zu bringen, was er eigentlich getrieben hat, ergibt Sinn und da schläft er, der Rick.

So sucht Mona dauernd die Ursachen und spürt sie für ein Kind auf, um zu einem Schatz von Informationen zu gelangen, die sie zu einer neuen Kette verarbeiten kann. So spricht nun Mona zu sich selbst. Informationen sind zum Teilen da. In welcher Form wohl? Es ist eine Gewissensfrage. Die Kälte, der Gang und die Lichtritze an der geschlossenen Tür, dahinter das knarrende Bett. Gut schläft dieser Rick. Wovon er wohl träumt? Babys werden auch in Träumen gemacht. Mit dem besten Gewissen wird das Werkzeug der Beobachtung eingebracht und nach bestem Wissen wird aus Zellen und deren Teilung eine Vereinigung gemacht. Wie war denn die Nacht? Wo hast du deine Pfoten sonst noch gehabt? Mona schafft den Schreibraum für die Wandlung, Wort wird Fleisch, das sich mitteilt, Küsse, die über das Lippenfleisch in andere Welten sickern.

Der Raum ist kalt, die Wände sind grau. Das Kinderzimmer ist Schreibraum. Draußen schlägt die Fahne am Mast. Die Fenster sind vergittert.

Der Kaffee verbreitet seinen Duft.

Er hat also den Lebensabend schon bei einer und mit einer verbracht. Was hat sich die von ihm erwartet? Dass er nun Mona verlässt? Wenn sie dies nicht von ihm erwartet, dann hat sie nur Lust auf Ricks alten Samen gehabt und Rick hat sich berauben lassen. Wenn Rick sich für einen Verrat berauschen muss, weil er für den Vertrauensgrundsatz nicht mehr tauglich ist und Mona nicht verlassen will, dann stimmt doch etwas mit dieser unbeabsichtigten Kindsausträgerin nicht. So lieber Rick, jetzt ist ein intimes und ein institutionelles Geheimnis gelüftet. Was treibt diesen Menschen dazu, so gewissenlos zu handeln und dabei nicht an Mona, sich und schließlich das Kind zu denken? Welchem Parameter sitzt Mona eigentlich auf?

Die Tassen klirren, als sie die Kastentür zudonnert. Gegen Mittag ist Rick auch wieder wach.

Es hat ihr auch leidgetan, sagt Rick, denn sie weiß, dass wir verheiratet sind und kein Kind haben.

Geh scheißen.

So tief kannst du sinken?

Behalt deinen Mist für dich.

Ok.

Ok?

Fährst du mit?

Was bleibt mir anderes übrig.

Die Straßen waren vom Mittagsverkehr verstopft. Mona saß auf dem Beifahrersitz und Rick war sichtlich berührt, weil stumm. Er stieg aufs Gas und fuhr mit einem Ruck los.

Siehst du nicht den Stau?

Die Stopplichter der haltenden Autos auf dem Boulevard leuchteten im Nebel. Rick fuhr mit Rasanz, er versuchte noch über die Kreuzung zu kommen, bevor die Ampel auf Rot schaltete. Er stieg auf die Bremse und die Räder blockierten auf dem Asphalt. Der Wagen blieb auf Position.

Willst du mich umbringen?, fuhr Mona Rick an. Ich halte das nicht aus, lass mich fahren.

Rick biss sich auf die Unterlippe beziehungsweise nagte daran. Er fuhr den Wagen an den Straßenrand. Das Paar tauschte die Plätze. Friktionsfrei glitten sie durch den flüssiger werdenden Verkehr, bis sie in der Garage des

Familienunternehmens ankamen. Rick hätte alles getan, um seine Beichte rückgängig zu machen. Etwas Gutes hatte sich wie nebenbei eingestellt: Seit der Verkündigung litt Mona nicht mehr an Verstopfung – wie sie sich zusammenfassend eingestand.

Am Ufer des Nahrungsstroms

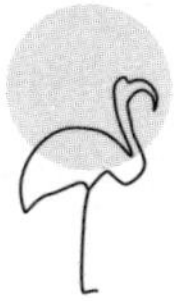

Das Stroh war gedroschen und die Halme waren zu Matten geflochten. Die Arbeiter hatten die Fasern eingeatmet und Staublungen bekommen. Die Matten waren in der Fußgängerzone gelandet und baumelten am Ständer vor dem Geschäft. Bernadette verließ das Museum und schritt durch die Altstadt an ihnen vorbei. Die Fußgängerzone war gepflastert und fügte sich in das Ensemble aus Tizianrot und Sienabraun, alles gehörte als Weltkulturerbe der Menschheit. Eine Matte, von der Sonne bestrahlt, leuchtete rot. Freilich war sie kein Produkt aus der Region, doch hier gekauft wurde sie zu einem Stück Erinnerung an den Aufenthalt. Zu Hause wurde sie ausgerollt, diente als Fußabstreifer, bevor Bernadette die Schwelle überschritt, um ihre Heimkehr zu feiern.

Das Licht warf einen viereckigen Schein auf die gleichmäßige Borstenschicht. Der europäische Friede herrschte noch bis vor die Haustür. Man hielt ihn für flächendeckend ausgebreitet, nicht in die Tiefe, doch bis vor die Tür, und niemand dachte, das würde sich ändern. Bernadette liebte die asiatische Matte aus Italien und bald empfing sie Gäste.

In Sandalen mit hohen Absätzen, die nach ihren Angaben aus einer italienischen Manufaktur stammen, stand sie auf dem Fußabstreifer. Sie trug eines dieser Kleider, die von Hand genäht, aus Spitze und Gaze, ihre Figur mit goldenen Häkchen umschlossen. Blicke durchbohrten die Gaze, anders natürlich als die Pfeile den gefolterten heiligen Sebastian.

Der Blick zählt als weichster Dolch auf der Welt. Bernadette richtet ihn auch auf sich, hat sich ganz in der Gewalt. Sie ist so diszipliniert, dass der Bauch noch immer ins Kleid passt.

Der Bratenduft füllt die ineinanderfließenden Räume, von der Küche bis zum Tisch im Wohnzimmer. Es ist nicht besonders reich und wertvoll ausgestattet, es wird vom Odeur gemütlich eingerichtet. Früher hatten die Wände, Böden, Decken einem Zahnarzt gehört, der in den vorderen Räumen ordinierte, in denen nun Bernadette ihre Praxis unterhält. Nicht als Zahnärztin, sondern mit dem Schwerpunkt auf Gewichtsverlust und Diätetik. Diät und Ethik, wie sie sagt, wenn sie sich über sich lustig macht.

Dabei hat Ethik mit Diät viel zu tun, und es ist gar nicht so witzig, nur weil es ein Wortspiel ergibt, finde ich als ihr Lebensgefährte. Ein kindlicher Hauch umweht die Wortspiele, aber oft treffen sie mitten ins Schwarze wie die Spitze eines Pfeiles, eines Dolches oder eines Blickes, wie oben beschrieben. Die Frau des Zahnarztes war an einem Lungeninfarkt plötzlich verstorben. Ein Schock. Nach dem Tod seiner Frau hatte der Mann alles sofort verlassen. Nicht einmal die Fenster hatte er geschlossen, sodass Tauben hereingeflogen waren und in den Simsen unter der Stuckdecke nisteten. Er hatte die neuen Lüster hängen, die Küche voll eingerichtet und sogar die Waschmaschine stehen lassen. Aber Bernadette wollte alles rausreißen und die Waschmaschine entsorgen, weil sie nicht ihre Wäsche in dieser Waschmaschine reinigen wollte, aus dem Gefühl heraus, dass sich fremde Schicksalspartikel in ihr Leben einschleusen könnten, würde ihre Wäsche in dieser Maschine schleudern. Natürlich war das kindisch.

Bernadette hatte nun diese Matte vor die Tür unserer hergerichteten Wohnung gelegt und plötzlich schoss ihr das Wort Staublunge durch den Kopf. Wenn Blicke die weichsten Dolche sein können, dann verbindet das Gedächtnis spitze, scharfe, schneidende, bohrende Gefühle mit der Phrase »wenn Blicken töten könnten«. Man widersteht feindseligen Blicken mit Verachtung und kostet den Triumph aus, ihnen nicht zu verfallen, sondern kampflustig entgegenzusehen. Man kann die Staublunge bezeichnen und den Lungeninfarkt der verstorbenen Gattin erinnern, während man eine Reisstrohmatte betrachtet, ohne den Vorgang dieser Assoziationskette zu kapieren. Es schießt durch den Kopf und die Augen sehen in der Matte den Schmauch, als wäre sie eine benützte Waffe.

Durch den Kauf der Matte hast du die Kugel abgefeuert. Und jetzt stirbt einer an der Staublunge. So sieht der Friede aus.

Bernadette will jetzt keine sozialkritische Geschichte hören, sondern das Dinner vorbereiten. Sie steht auf Nachhaltigkeit, also kocht sie mit den regionalen Produkten, die durch den Körper gehen. Die Reisstrohmatte ist zum Abstreifen für die Schuhe und andere Ballaststoffe sind für den Darm. Abends wird ihr Lebensgefährte, also ich, in die gemeinsame Wohnung kommen. Ich ordiniere auch in der Stadt und behandle Gebisse und werde nach der Arbeit ein Bad nehmen. Nicht zu Hause, sondern im Thermalbad, wo das Wasser aus der Erde sprudelt und auch im Winter die gleiche Temperatur hat wie im Sommer. Das Paar, also wir, ist wohlhabend und leistet sich ein großes Baumhaus im Areal um die Thermalquelle auf dem Stadtberg.

Bernadette zieht sich gerne abends schön an und hat Freude an ihren Kleidern und den dazu passenden Schuhen. Freilich hat sie ein Auto, noch dazu ein gutes. Als leitende Kraft ihrer Abteilung des privaten Krankenhauses steht ihr sogar ein Dienstwagen zu. Öfter hat Bernadette angefragt, ob unsere Wohnung käuflich zu erwerben sei, doch stets hat es geheißen, der Eigentümer sei an einem Verkauf nicht interessiert. Die Idee war damals, eine Wohnung in Wien könnte wirtschaftliche Absicherung bedeuten. Doch da sie zur Ökonomin und Diätetikerin ausgebildet ist und dies ein sicherer, im sozialen Ansehen beständig wertvoller Beruf ist, bedarf es eines Besitzes nur, um sich abzusichern, sollte sie vorzeitig erkranken und ihrem Beruf nicht mehr nachgehen können. Über solche Sorgen sind wir beide längst hinaus. Wohin mit der Kohle, ist die Frage. Spenden? Die Gesundheit zu verlieren stellt eine größere Wahrscheinlichkeit dar, als eine Wohnung in Wien durch Terror oder Bomben zu verlieren. Zumindest hat das bis vor Kurzem so gegolten. Heutzutage, wo ihre Praxis voll ist von Neurotikern, Allergikern und Laktoseunverträglichen und Glutamatikern, entschuldigt sei mein Zynismus, engagiert sie sich bei der Bekämpfung des Hungers in von Kriegen betroffenen Gebieten.

Nun, nach dem Tod des Eigentümers, haben sich die Erben gemeldet, die am Verkauf der Wohnung interessiert sind. Bernadette will zuschlagen, weil die Wohnung schön ist, also ausgewogen, harmonisch und im Goldenen Schnitt proportioniert. Sie überlegt sich jeden Tag, ob sie ihr Vermögen hier anlegen soll. Es gibt viele Kinder auf der Welt und wer weiß, wem Bernadettes Besitz noch zugutekommen wird. Die fruchtbaren Tage sind vorbei, sagt sie, die furchtbaren kommen noch. Oder auch nicht! Und wer weiß, was aus einem eigenen Kind geworden wäre, fruchtbar liegt in der deutschen Sprache so nah am Abgrund, dass die Position des Buchstabens R einen solchen Bedeutungswandel vornehmen kann. Furchtbar ist ihr erschienen, ein Kind in die Welt zu setzen, in eine Welt, in der im Frieden einfach nur Friedhofsruhe herrscht, wenn es mal wirklich passt.

Wir waren also gelangweilt. Dazu war sie nicht bereit gewesen, denn sie verlangte Engagement, und das bedeutete Einübung in die Gepflogenheit der Mitgestaltung von Leben. Sie war viel zu engagiert für Kinder. Kinder stören produktiv. Aber wir wollten keine Störung. Im Gegenzug hätte es für sie bedeutet, sich Ruhe zu wünschen und ihre Lebendigkeit abzutöten, um die Abgründe dieser Welt unter den Teppich einer schönen Landschaft mit See und Bergpanorama zu kehren. Der Lohn wäre die gesunde Luft in den staubfreien Lungen und die heimischen Fußabstreifer vor der Tür zum Eigentum gewesen.

Bernadette schlüpft mit den Fingern in den Ausschnitt und zupft die Spitze der Unterwäsche gerade. Dann macht sie sich an die Leber. Natürlich ist sie verfettet. Natürlich ist das nicht natürlich. Die Gans hat gelitten – sie hat gelitten. Nun ist sie tot und die Leber ist herausoperiert. Das Geld zu Lebzeiten für den Genuss auszugeben ist nicht verkehrt. Bernadette spendet einen beträchtlichen Anteil ihres Vermögens an die Gruft, die Obdachlosenheimat in den Kellern einer Kirche, um die Friedhofsruhe in ihrem Herzen auszurufen. Bernadette lebt für die anderen, verdient für alle und leistet einen fürsorglichen Dienst. Sie lehrt und predigt Bescheidenheit, Maßhalten und heilt viele Menschen durch Magenoperationen und strenge Diäten und trotzdem hat sie zu viel, verdient Geld in solchen Mengen, dass sie nicht weiß, wohin damit, und noch dazu verdient sie das Geld legal.

Die Nichten und Neffen brauchen kein Erbe, denn sie haben bereits die Zukunft geerbt. Sie sind gut ausgebildet und deshalb überall auf der Welt daheim, wo sie das richtige Format haben. Sie bilden keine Inhalte mehr – sie verwalten ihre Dateien. Das Leben verschafft dem Körper seine Kaprizen und sie simulieren Sinn. Jede Diagnose ergibt einen Roman. Bernadette braucht die Daten nur in ein Programm einzugeben und die Bücher schreiben sich nach dem Programm ihrer Nichten und Neffen wie von allein. Um Formatierung geht es auch in Bernadettes Ordination, wenn die Übergewichtigen kommen. Aber nicht heute wollen wir das ansprechen, wo die Wohnung auf privat getrimmt sich mit dem Bratenduft füllt.

Die Gänseleber legt sie in eine Porzellanform und stellt das Gefäß in den Backofen. Im Wasserbad bei fünfzig Grad.

Eine Wohnung, die einmal einer anderen und davor wieder einer anderen Familie gehört hat, bis zurück zum letzten Krieg, zur Vertreibung und Deportation der hier damals Ansässigen. Ach, es war nichts Sinnvolleres zu machen, als den Genuss zu leben, um zum Sinn des Ganzen zu kommen.

Bernadette hat für heute das beste Fleisch beim besten Fleischhauer gekauft, der bald seinen Beruf wechseln und seine Fleischhauerei wird schließen müssen, weil die Supermarktpreise der Lebensmittelindustrie nicht zu unterbieten sind. Kürzlich hatte er einem feilschenden Kunden nachgerufen, glaubst du, ich finde das Fleisch auf der Straße?

Sie hat das Fleisch gebeizt und seit Stunden schmort es im Rohr, das das Gas aus der Ukraine langsam verbrennt, um dessen Preis gedealt worden ist und das nun langsam ausgeht. Bis auf den Knochen wird das Fleisch gegessen werden und in die Tischgesellschaft hineinverwandelt werden und auch wieder hinaus, was das städtische Kanalsystem wegschafft. Alles, was Verwandlung erfährt, lässt Zeit entstehen, die wieder in Erlebnissen konsumiert wird.

So ist es, sagt sich Bernadette. Ich habe das Gefühl, mein Stoffwechsel macht mein Gefühl für Zeit aus. Es wird also zäh, es kommen härtere Tage.

Essen und Trinken zählen zum sinnvollsten Zeitvertreib. Man befindet sich dabei immer in Bildung. Der Genuss ist der Weg. In ihren Augen sind Nahrungsverweigerer auf dem sozialen Rückzug. Bernadette weiß aus der Praxis, dass Askese noble Verachtung bedeuten kann, durch den Verlust des Gewichts seine Besonderheit als Hungerkünstler zu zelebrieren sozusagen. Wieso dagegen ankämpfen, wenn ein Hungerer am Rande des Gemeinschaftswesens quasi eingesperrt und abgekapselt lieber bis auf die Knochen abmagert als mitzuessen? Anders verhält es sich bei einem Hungerstreik.

Bernadette wird manchmal ins Gefängnis gerufen, wo sie mit Hungerstreikern zu tun hat. Flüchtlinge aus Afghanistan ohne Asylanspruch und ohne subsidiären Schutz sind wieder einmal der Abschiebung ausgeliefert. In Afghanistan würden Probleme noch immer mit der Kalaschnikow beseitigt, hat der Richter erzählt, der zumindest wo er kann für den subsidiären Schutz plädiert. Das Leben der meist minderjährigen Flüchtlinge sei in höchstem Maße auf dem Spiel stehend, wenn man sie zurückschickt. Und dennoch gibt es Fälle, bei denen kein guter Wille nützt, die Gesetzeslage zugunsten der Flüchtlinge auszulegen. Entsetzlich, sagt Bernadette. Es ist grausam, es wird grausam und es wird grausam bleiben, weil es neue und gebildetere Flüchtlinge geben wird, die trotzdem ins Elend stürzen.

Wohin mit dem persönlichen Reichtum? Sie könnte ein Flüchtlingsheim bauen, ein Hotel auf dem Stadtberg, um dort Köche auszubilden und als Gastronomin den Wirtschaftsraum um die Thermalquelle ausbauen. Wo soll sie den Hebel ansetzen? Als Hebel eine Kalaschnikow, besser noch eine Nuklearwaffe verwenden, denkt sie, und Despoten auslöschen.

Bernadette musste wieder in die forensische Psychiatrie. In Schubhaft sitzende Flüchtlinge waren in den Hungerstreik getreten, um nicht abgeschoben zu werden. Sie waren ausgezehrt und dem Tode geweiht. Bernadette sollte der Zwangsernährung zustimmen und die Jungs darüber aufklären.

Eine Gans wird zu Tode gefüttert. Aber doch kein Flüchtling, sagt sie.

Das geschieht aber auch in Amerika und auf den Fidschi-Inseln, sage ich. Darf Bernadette das überhaupt wissen?

Denken darfst du alles, sagt Bernadette. Ich will heute mit jedem von euch ins Bett, denk ich mir vielleicht von unseren Gästen.

Erinnerung und Einverleibung, Fressen und gefressen werden. *Fuchs, du hast die Gans gestohlen.* Ich soll das gewesen sein?, grummelt Bernadette, als sie Orangensaft auspresst, um damit später die Kastanien zu glasieren. Ich habe noch zehn Jahre vor mir und dann wird es vorbei sein, sagt sie.

Was redest du da, Bernadette, sage ich. So ein Blödsinn, ich werde hundert und du genauso. Wir vereinen uns und machen uns über die Gänseleber her.

Eigentlich gehöre ich wegen meiner Nerven auch zum Arzt, sagt sie, doch weiß sie gleichzeitig, dass sie gerade deshalb nicht zum Arzt gehört, weil sie weiß, dass eine Therapie richtig wäre, um die Widersprüche der Welt aushalten zu lernen – oder etwa nicht?

Im Weinviertel auf dem Bauernhof unseres Freundes steht unter den Arkaden des Jugendstil-Gehöftes eine hölzerne Box. Sie hat die Ausmaße einer Schuhschachtel und einen Deckel, den man von beiden Seiten auf- und zuklappen kann. Geschlossen kann die Box auch als Schemel dienen und man kann sich draufsetzen. Früher hatte man auf dem Hof Gänse gezüchtet. Und waren sie groß genug, wurden sie geschnappt und in die Box gestopft. Früher ist heute. Die Gänseleber bei fünfzig Grad im Wasserbad darf nicht zu durch sein – Bernadette steckt den Spieß des kreisrunden Thermometers in die Leber, um den Aggregatzustand zu messen, wenn sich die rohe Leber in gestockte Leber verwandelt.

Früher schnappte man sich also eine Gans und steckte sie in die Box, was die runde Ausbuchtung am Klappdeckel erklärt, denn hier ragte der Hals mit dem Kopf heraus. So konnte man bequem auf dem Schemel Platz nehmen und der eingeklemmten Gans den Schnabel aufsperren, in diesen Mais und Korn stopfen, wozu man einen Stampflöffel verwendete. Man bog den Hals der Gans so weit zurück, bis sie reflexartig quakte und der Schnabel sich öffnete. Das ist ein Verbrechen, sagt Bernadette zur stockenden Leber. Aber du wirst gut schmecken. Und tot bist du schon.

Der Einsatz für die in Schubhaft und im Hungerstreik Sitzenden war im Prinzip ein Hausbesuch im Gefängnis, wo sich die Patienten entschlossen hatten, sich zu Tode zu fasten, um nicht abgeschoben zu werden. Man brachte sie in Einzelhaft unter, um ihre Streiklust zu brechen. Was wollten diese Typen erreichen? Verachten? Sie machen uns zum Opfer! Wir sind schuld, wenn wir sie verhungern lassen. Daher hungern sie sich lieber zu Tode, als wohlgenährt und satt von uns abgeschoben zu werden. Sie behaupten, zum Fraß den ehemaligen Verfolgern vorgeworfen zu werden. In Schubhaft müssen die Hungerer sogar ihr Hungern verstecken, das Essen vernichten, sonst entdeckt man ihren Plan zu früh. Hungern als Widerstand. Der Staat setzt dagegen die Zwangsernährung ein. Ist doch klar.

Was tu ich nun? Bernadette steht am Herd. Der Orangensaft steht neben dem Cognac. Beides ist zu mischen und über die Leber zu gießen – ganz am Schluss.

Die Justiz ist ein mit Kokain gefüllter Sack, wer ihn öffnet, fällt in Euphorie über die Schönheit performativer Sprache des Gesetzes. Das Justizministerium sagt, der hippokratische Eid sei zu beherzigen.

Der Minister streckt Bernadette nicht einmal die Hand zum Gruße hin, sondern überschreitet die Grenze des Anstands, indem er sie umarmt und sich als alter Schulfreund erklärt, der sie nun in Wien an diesem unwirtlichen Ort trifft, wo Bernadette die Häftlinge untersuchen soll, um eine Zwangsernährung zu befürworten. Wenn ein Hungerer ins Koma fällt, muss die Medizin einschreiten, nicht wahr? In Großbritannien wird Zwangsernährung auch durchgeführt, und zwar schon seit 1914. Und in der Türkei wird Zwangsernährung durchgeführt, wenn Häftlinge gegen die Haftbedingungen hungerstreiken.

Zwangsernährung ist Folter, sagt Bernadette. Der Hungernde muss überwältigt werden, um zwangsernährt zu werden. Wie wird er überwältigt und dann zwangsernährt? Werden die Kiefer aufgeknackt? Zähne ausgebrochen? Wird ein Schluckschlauch in den Mund oder durch das Nasenloch in die Gurgel und von dort durch die Speiseröhre in den Magen gestoßen oder ganz, ganz langsam eingeführt? Oder geht die Zwangsernährung durch intravenöse Fettverabreichung vonstatten? Welche inneren Verletzungen werden ausgelöst? Gibt es Folgen? Pleuritis? Lungenentzündung? Was haben Sie sich dazu überlegt, werte Minister? Dafür habe ich Sie, verzeih, dich hergeholt, liebe Bernadette.

Fuchs, du hast die Gans gestohlen! Hab ich nicht, sagt Bernadette. *Gib sie wieder her,* sage ich.

Müssen wir beim Essen über diese grausigen Dinge reden?

Nein, wir müssen nicht über diese grausigen Dinge reden, wir können zum Beispiel über die schönen Dinge reden. Die bevorstehende Reise nach London, sie wird mich zu einem Schneider führen, wo ich aus gutem Tuch ein Kostüm schneidern lasse. Ich kann natürlich nicht wissen, ob ich das überlebe. Und ich werde auch Paris unsicher machen, sagt

Bernadette, die zwischendurch ihre Zuckerwerte mit dem Handy bemisst. Ihr Neffe hat eine neue App entwickelt, die auf das Smartphone geladen werden kann, was für Zuckerkranke ein Segen ist. Das Smartphone kann jetzt die Zuckerwerte messen, ohne dass sich Bernadette eine Nadel in die Haut stoßen muss, um an Blutströpfchen zu geraten, die in der portablen Labormaschine ausgewertet werden. Das Smartphone muss sie nur mehr an die Haut halten, zum Telefonieren ans Ohr, zum Zuckerwertemessen an die Außenseite des nackten oder bekleideten Oberarmes.

Bernadette wirft das prächtige Haar, das sie mit einem Lockenstab bearbeitet hat, über die Schulter und sagt, man kann sich nicht schützen vor Terror, daher lass uns jeden Augenblick genießen.

Wir könnten uns solidarisch zeigen mit unseren Patienten, unseren Delinquenten, unseren Hungerstreikern.

Ich habe genug davon.

Worum geht es jetzt?

Ich soll eine Zwangsernährung anordnen.

Du kannst dich dagegen solidarisieren.

Mit den Flüchtlingen, sagt Bernadette, würde ich mich jederzeit solidarisieren. Doch mit dem Hungerstreik? Soll ich mich aus purer Solidarität mit ihnen einer Zwangsernährung unterziehen? Ich bin gegen Krieg. Wir können für den Frieden beten oder fasten.

Bernadette hat die Werte schon in der Hand und sie darf noch zwei weitere Kastanien essen.

Sie geht ein paar Trippelschritte in ihren goldenen Schuhen auf die Küche zu, um den Reis zu holen, den sie noch mit Himbeeren vermischt.

Ich werde es strikt professionell handhaben, versichert sie mir. Falls die Zwangsernährung eine Höllenstrafe ist, dann doch eine, die mir vertraut ist. Andere Frauen haben sie in Wirklichkeit durchlitten. Magersucht verursacht ja auch Organversagen. Ich werde doch noch so viel Mumm haben wie meine Patienten und mich für sie engagieren.

Ja, ich gehe der Frage nach: In welchem Verhältnis zu den Erfahrungen unseres Lebens steht die Zwangsernährung für Hungerstreikende? Was muss geschehen, dass sie normal essen?

Haben wir keine anderen Probleme?

Nein.

Darf ich das so stehen lassen?

Ich schreibe über Bernadette schon länger. Sie darf es nicht wissen. Ich war auf der Spur ihrer Aggression, die wohl nur deshalb in dieser Geschichte zum Ausbruch kommt, weil sie einen Weg finden muss, ihr Dilemma auszubügeln.

Aus Solidarität mit den türkischen Schwestern, die für ihr Recht auf Meinungsfreiheit kämpften und im Gefängnis landeten, hatte sich einst die Schriftstellerin Djuna Barnes zwangsernähren lassen. Auch die Suffragetten in Großbritannien hatten schon im Kampf um ihre Rechte mit Leibeseinsatz gestreikt. Als die internationalen Proteste keine Freiheit einbrachten, traten diese Frauen in Hungerstreik. Viele wurden tödlich krank.

Das Innenministerium gönnt heute den Flüchtlingen in Schubhaft nicht die Popularität eines Märtyrertums. Es ordnete an, dass Hungerstreikende von Gefängnisbeamten zwangsernährt werden. Da spürte ich, als ich Barnes' Artikel las, was es für Bernadette bedeuten mochte, diese Zeilen der Amerikanerin zu vernehmen: »Meine Seele stand entsetzt vor einem Stück rotem Gummischlauch.«

Hör auf, sagt Bernadette. Schluck lieber diese kostbaren Stücke.

Sie schüttelt den Kopf. Sie verweigert die Kastanie und ich zitiere auswendig: »Ich wurde gefesselt, um ruhig gestellt zu sein.«

Ein Foto zeigt die in weiße Bandagen eingewickelte Frau, die fixiert wie eine Mumie daliegt. Ich habe es oft angeschaut. Sachkundig und dienstbeflissen ist ein Arzt zugange. Er beugt sich im weißen Mantel, mit weißem Mützchen und weißem Mundschutz über den Kopf der zur Zwangsernährung freiwillig Angetretenen, hält ein rohrartiges Ding über den geöffneten Mund.

Welcher Arzt macht so ein Spiel mit? Das sagt ja schon alles, meinst du nicht? Und über uns?

Dass wir beim Essen darüber sprechen müssen, wird uns nicht den Appetit anregen.

Wie kriegt man einen roten Schlauch durch die Kehle von einem, der zwangsernährt werden muss und sich dagegen wehrt?

Die Schriftstellerin Djuna Barnes schluckte freiwillig den roten Schlauch. Doch wurde den Suffragetten und den türkischen Journalistinnen der Schlauch durch die Gurgel in die Speiseröhre bis in den Magen zwangseingeführt.

Ich habe Fotos davon, willst du sie sehen?

Nein, ich will sie nicht sehen, beschreibe, ich will dir zuhören.

Hinter dem Kopf neigte ein mit weißem Hemd und schwarzer Krawatte gekleideter Mann sein Gesicht, den Hauptsitz der menschlichen Sinnesorgane, dem Geschehen zu. Hielt er mit seinen Händen den Kopf des Opfers fest? Oder waren die weißen Flecken nur missgedeutete Fotomängel? Hinter dem operierenden Arzt stand ein dritter Mann. Er trug ebenfalls ein Hemd. Es war weiß und seine Hand lag auf der Hüfte des Opfers. Das Foto zeigte die Monstrosität des Exekutors, der als Zwangsernährer insektenhaft bizarr wirkte, während er den Trichter über dem Rachen des Opfers platzierte. Sämtliche Probleme des

Lebens waren nun auf einen einzigen schlichten Akt reduziert – zu schlucken oder zu ersticken.

Beschreibt Djuna Barnes hier nicht genau unsere Situation? Friss oder stirb.

Schildere weiter, was dich bewegt, selbst während ich esse, will ich das Auseinanderhalten beherrschen, weil ich die Realität kenne und die Sachverhalte abspalte, die mich nicht direkt betreffen.

Sprichst du darum plötzlich so gestochen? Willst du einen Abstand schaffen?

Sprich.

Zwei weitere Fotos dokumentieren die fortschreitende Handlung. Man sieht den weißen Arzt mit Trichter und Schlauch hantieren. Die Mumie, die daliegende Gestalt, der Kokon ist die verpuppte Schriftstellerin Djuna Barnes. Sie wurde 1914 zwangsernährt, 1974 war sie vereinsamt und 1982 vergessen gestorben. Wurde sie in ein Leichentuch gewickelt? Überhaupt erscheinen die Fotos wie Ausschnitte unterm Mikroskop von einer archaisch veralteten und barbarischen Zeitprobe menschlichen Sektierertums.

Im nächsten Ausschnitt beugt sich der Exekutor mit spitzen Fingern über das Gesicht der Probandin und entfernt den Trichter. Er sprüht beide Nasenlöcher mit einer Mischung aus Kokain und Desinfektionsmittel ein. Er nestelt und stochert dann mit dem Schlauch an den Nasenlöchern herum, um sich neuen Zutritt in den Körper zu verschaffen. Bei dieser Pilgerschaft war kein Fortkommen, schreibt

Barnes: »Jetzt fügte ich mich drein. Ich war im Jammertal und mir schien, ich läge schon Jahre und beobachtete den Krug, als er sich in der Hand des Arztes hob und schwebend verharrte, eine teuflische, inhumane Drohung. Darin war die flüssige Nahrung, die ich bekommen sollte. Es war Milch, doch ich konnte nicht feststellen, was es war, denn alle Dinge sind gleich, wenn sie den Magen durch einen Gummischlauch erreichen. Er hatte den roten Schlauch mit dem Trichter am Ende durch die Nase in die Passage der Kehle eingeführt. Es ist gänzlich unmöglich zu schildern, welche Angst das erregt.« Verstehst du, was Djuna Barnes hier erzählt?

Falsch, sage ich. Wie soll ich verstehen?

Es ist nur ein kleiner Artikel von Djuna Barnes, den sie 1914 für den *New Yorker* geschrieben hat. »Passen Sie auf – sonst ersticken Sie!«

Man kann also immerhin noch ersticken.

Das bringe ich vor, um einen Einwand gegen die Zwangsernährung für die hungerstreikenden Flüchtlinge zu entrichten. Bernadette könnte das Gefängnis verlassen, ohne gegen den hippokratischen Eid verstoßen zu haben, obwohl sie den Tod der Hungerstreiker damit riskierte. Wird sich jemand anderer zur Zwangsernährung finden lassen? Jener Weißkittel, der im Dienst der Lebensverlängerung Folter an Suffragetten ausführte? Wird jemand die hungerstreikenden Flüchtlinge fixieren, das aufbegehrende Subjekt ins »Totenhemd stecken«, wie es bei Barnes heißt? Wie aktuell sind ihre Worte? Die Wärter, die Ruhigsteller, die Ordnungshüter und ich, ein Lebensliebhaber – erschreckend, wenn ein ausrastender Asylsucher überwältigt am Boden liegt und erstickt. Das sind unsere Gespenster. Grenzen müssen doch wohl auch der Dienstbeflissenheit jener gesetzt sein, die streng über der Einhaltung des Gesetzes wachen.

Ach, sagt Bernadette, es wird alles in Schutt und Asche enden.

Nein.

Doch.

Es ist vorbei ...

Djuna Barnes hatte die ungeheuerlichste Erfahrung der Kühnsten ihres Geschlechts geteilt. Die Pein und Schmach dieser Erfahrung in ihrer Kehle, und trotzdem haben die Suffragetten ihr Wahlrecht bekommen.

Das gilt auch für uns, sage ich, Bernadette.

Sie setzt die Gabelspitzen an die Kastanie und sticht zu.

Ja, ich weiß, sagt sie.

Bernadette hat das Bratrohr geöffnet, mit einem Lappen die Porzellanform gepackt und die zweite Leber herausgezogen. Das Thermometer zeigt die perfekt erhitzte Innerei an. Statt Backofen verwendet sie das Wort Bratrohr. Nicht wie es geschrieben wird, sondern wie das Objekt aussieht, hat sie dazu gebracht, Bratrohr zu sehen und Bratrohr zu denken. Eine Röhre aus Nirosta. Sie hat die

Leber herausgenommen und das gestockte Stück in ein weißes Leinentuch geschlagen. Die Ecken legt sie diagonal zueinander, sodass ein prall gefülltes Päckchen entsteht. Ich werde diese Leber zerstückeln und an den Minister schicken, sagt sie.

Das ist doch kindisch.

Dann sucht sie in der Lade der Küchenkredenz eine Alufolie und holt vom Schreibtisch ein gepolstertes Kuvert.

Der Minister, der alte Freund Bernadettes, ist ein guter Vorsorgepatient. Ich bin sein Zahnarzt. Er überlegt stets, ob er nach dem Zahnarztbesuch eine Foccaccia oder eine Bruschetta essen wird, und zwar schon während er sich die Zähne am Waschbecken putzt. Er mag es knackig. Diesmal hat er ein mulmiges Gefühl im Bauch. Er weiß, dass ich Hedonist bin. Nicht wegen der bevorstehenden Zahnkontrolle, sondern wegen des Päckchens Gänseleber, das auf seinem Schreibtisch gelegen ist, fragt er mich besorgt: Wer verschenkt eine Gänseleber? So etwas Grindiges! Noch dazu anonym!

Sie haben eine Gänseleber bekommen?

Was bedeutet dieses Symbol? Der Artikel »Kennen Sie Zwangsernährung« war der Gänseleber beigelegt. 1914!

Sagen Sie mal? Haben Sie Feinde?, frage ich.

Bernadette hat den Artikel offenbar kopiert und beigelegt. Der Minister hat ihn in seiner Tasche und zeigt ihn mir, falls ich will.

Hat Ihre Frau etwas damit zu tun?

Wie kommen Sie auf diese Idee?

Der Staat kann doch nicht zuschauen, wie Menschen verhungern?

Ach, wirklich?

Er setzt sich auf den Zahnarztstuhl. Er öffnet den Mund und ich beuge mich über ihn, hantiere mit den Instrumenten. Die Augen schließt er, ist natürlich ausgeliefert und gibt sich folgender Gewissheit hin: Da er schmerzlos gekommen ist, wird er auch schmerzlos von mir weggehen. Und falls nicht vertraut er auf die ärztliche Kunst, spitze Häkchen in die Zwischenräume einzufädeln und an den Zähnen zu rütteln, ohne sie zu schädigen. Er vertraut auf unseren Gesellschaftsvertrag und dass ich nicht aus der Rolle falle. Arzt ist Arzt und Patient ist Patient. Da aber ein Mensch ein Mensch ist, ist die Frage, wie gut er ist. Sowohl als Patient als auch als Arzt. Ich kann Leid zufügen. Auch er kann in Ausübung seines Amtes dem Gesetz folgen und der Folter dienen. Die Zeiten sind gut hier, noch. Niemand im Raum ist der Sündenbock. Wann wird der Patient zur Gefahr für den Arzt? Wenn er jetzt dem Zahnarzt in den Finger beißt? Es gibt Patienten, die nicht wissen, was gut für sie ist, weil sie nicht wissen, was gut ist, Herr Minister. Sie sind der Freund meiner Frau.

Aber nicht so einer.

Sehr witzig.

Ich kratze am Zahnstein und schrubbe mit der Spitze den Schmelz, was so nah am Ohr klingt wie das Schürfen in einer Schottergrube, als schaufelte ich im Maul des Patienten ein Grab. Wie gehen wir mit dem Willen eines Menschen um, der sich lieber zu Tode hungern möchte, als in den Krieg abgeschoben zu werden? Dieser Gedanke taucht auf, während ich die goldplombierten Backenzähne abstochere.

Ich bin weiß gekleidet und weiß muss sein, denn das Weiß kann man kochen.

Tut's weh?, frage ich nach, als er zusammenzuckt, ohne es gemerkt zu haben. Er macht einen Mucks und presst einen Gutturallaut aus der Kehle, in der ihm das Wasser steht. Hierhinein würden die Ernährungsschläuche für die Zwangsernährung geschoben werden. Egal ob durch den Mund oder durch die Nase. Schmerzen reduzieren den Menschen auf seine Körperlichkeit, aber was nützt es uns, wenn wir sie zum Schaden von jemandem lindern. Wer Zwangsernährung androht, kreiert schon einen Folterstaat, finden Sie das nicht auch?

Er liegt ausgestreckt und ergeben auf dem Sessel. Der weiße Latz bedeckt seinen Körper. Er sieht nur das Licht des Himmels im Fenster. Sein Blick wandert hinaus zu den Ausgestoßenen dieser Welt.

Was sehen Sie? Engel? Frage ich den Patienten, der nun den Blick in meinen auf sein Gebiss gerichteten Augen sucht.

Er gluckst und bekommt keine Luft. Der gedrängteste Augenblick seines Lebens wird ihm bewusst. Sämtliche Fragen sind nun auf einen einzigen schlichten Akt reduziert – zu schlucken oder zu ersticken. Ich erlöse ihn mit dem Speichelsauger.

Zur Versiegelung seiner Zahnhälse trage ich einen Lack auf und warne den Minister vor dem unguten Gefühl der Kälte. Ich nehme das glänzende Stielauge eines Infrarotlämpchens und härte den Lack mit diesem Licht. Man versiegelt auf diese Weise das vom Körper ausgebildete Zahnmaterial. Die Zähne müssen halten bis zum Schluss. Nicht wahr? Wir müssen uns durchbeißen. Die Zähne sind so wichtig beim Menschen wie der Boden unter seinen Füßen.

Ich werde das beherzigen, sagt er etwas ratlos. Ich werde den Weltfrieden einfordern. Ich werde mich als Minister freiwillig einer Deportation unterziehen, um zu wissen, was ich tu, bevor ich jemanden abschieben lasse. Ich werde die Hungerstreiker sterben lassen, sofern sie das freiwillig entschieden haben und auch wirklich wollen.

Aha, sage ich und lege das Lämpchen auf die Konsole zurück. Wann verstoße ich aus Liebe zu Bernadette gegen alle Eide, die ich geleistet habe? Ersticken oder schlucken?

In der nächsten Stunde auf nichts Hartes beißen!

Am Pult

Bericht an die Lebensberater

Er verlangt, dass wir entspannt ein- und ausatmen. Unser Rotpeter ist weißhaarig. Er führt das Rudel an. Wir befinden uns wie jedes Wochenende in einem Saal der Gemeinde und sitzen auch in dieser Geschichte im Kreis. Wenige Männer und viele Frauen, die sich trauen, ihr Geld im dritten Lebensabschnitt auf eine Ausbildung zu setzen. Wir glauben an eine Zukunft, die letzte in unserem Leben, die alles kosten darf, weil sie eine Altersvorsorge ist. Wer so lange lebt, wie wir in Aussicht gestellt haben, muss den Nachkommen zumindest noch eine Schuldnerberatung hinterlassen. Die letzten Stricke sind auch noch nicht gerissen, deshalb hängen wir an Peters Lippen. Wir reisen aus allen Richtungen an und aus allen Provinzen, um uns schulen zu lassen. Wir werden im letzten Lebensabschnitt auch zu unserer Unterhaltung selbst beitragen.

Peter verdient ganz gut an uns, besser als mit seiner Akademie. In der Benotung ist er großzügig. Man lernt viel. Zum Beispiel im ersten Seminar über das Selbstbild. Dazu betrachtet man sein Spiegelbild und beschreibt, was man sieht. Ich muss einmal niesen, bevor ich an die Reihe komme.

Mag sein, dass der Spiegel eine Referenz ist. Er reflektiert den Körper als Instrument, das ich spiele. Und Peter fragt, um diesen Gedanken zu verstärken, wer spielt es noch? Wie ist es temperiert und wer hat es gestimmt? Ja, aus welchem Holz ist der Körper geschnitzt oder ist er aus Metall gegossen? Zangen haben ihn aus der Glut geholt und Hammerschläge haben ihn geschmiedet.

Dann verlangt er, dass wir entspannt ein- und ausatmen, uns vom Spiegel abwenden und von Gegenständen inspirieren lassen, wie Büchern, Zweigen, Töpfen, Zirkeln, ja sogar von einer Wiege.

Mein Skript, das in mir angeblich schlummert bis zum Tod, soll ich aufschlagen und endlich beatmen. Distanz, steht da schwarz auf weiß, zu dir selbst aufzubauen, erzeugst du, wenn du dich umkreist. Ich schlage mit den Armen. Ich kann um mich herumfliegen. Ich kann auch hinter mich fliegen und mir in den Nacken schauen.

Im Nebenzimmer schläft Peter und wir denken über unser Spiegelbild nach.

Die quantenphysikalische Behauptung, dass der Beobachter bereits das zu Beobachtende so verändert durch seine Beobachtung, dass er nie wissen wird, was das Beobachtete gewesen ist und sein wird, beruhigt mich herumfliegenden Vogel, da ja auch ich diesem übergeordneten Beobachter unterliege. Wer kennt nicht diesen Gedanken? Ich habe ihn schon einmal gelesen und nun für mich kopiert. Irgendetwas von mir gibt es schon und ist in einem großen Ganzen enthalten. Habe schon öfter Kontakt zu mir aufgenommen, Anteile herausgefiltert und in andere Personen implantiert. So wie Operateure Organe einsetzen, kann ich Stimmungen und charakteristische Dinge in fremde Handlungen fremder Personen eintragen und daraus Skripten entwickeln. Alles, was mich in Resonanz bringt, entspringt meiner Raison. Geschichten aufzupicken hat mich schon sehr früh in Besitz genommen, am liebsten habe ich sie im Alltag gefunden. Sprache entsteht, wenn ich die Tastatur bediene, die Geschichte fängt aber schon viel früher an, lange vor uns, sagte Peter. Auch dieser Satz ist nicht sein Satz, ich kenne ihn bereits aus einem anderen Kontext.

In einem pädagogisch wertvollen Haushalt bin ich aufgewachsen, mit ein paar Büchern, was viel war für den Landstrich, nämlich literarische Kommunikation, denn gesprochen hat niemand gern im Kreis der Familie. Märchen und Shakespeare und ein Buch über die Stunde Null standen in meiner Reichweite und daneben türmten sich noch kunstgeschichtliche Bände. Ich war ihnen überlassen. Vielleicht waren die Themen zu komplex, was sollten Eltern auch auf meine Fragen sagen.

Ich war lange irritiert von der Eifersucht auf die Liebe meiner Eltern, die sie einander entgegenbrachten, und das hat mich stumm gemacht. Symbiosen würde ich gern leben, aber das gelingt nur um den Preis der Autonomie. Identifikation heißt, dass die Begegnung mit der Welt das Subjekt verwandelt. Und anscheinend gewinnt der Mensch ein Selbstbewusstsein, wenn er sich im Spiegel sieht und sich mit diesem Bild identifiziert. So erscheint man als Ganzes, das ist mir wohlbekannt. Es wird gleich wieder kompliziert, sobald man damit nicht einverstanden ist.

Das Gesicht ist der Sitz der Sinne und dahinter ist das Denken darüber, und dann entsteht das Bewusstwerden, also auch meines, vom Schein und dessen Vorschein. Die Ahnung des Bewusstseins, man ist wer anderer und so, erzeugt ein Triumphgefühl über die Gewöhnlichkeit. Der Mutterblick war ein Trichter, durch den mir eingeflößt worden war, ich sei nicht nur einmal Anlass zur Freude. Hat man das nicht schon oft genug gehört? Auf jeden Fall täuscht sich das Menschenkind gehörig, glaubt es, unabhängig zu sein von solchen Wünschen. Ich war furchtbar behütet, wenn nicht sogar eingesperrt, kein Wunder, dass sich Sätze in mein Skript gedrechselt haben, die ich nun hinausschreinern muss. Ich schmirgle an der Maserung.

Doch einst bewohnte ich ja eine Sandburg. Das war ein prächtiger Bau. Ich suchte Steine, die ich in die Fassade drückte, um Bewunderer anzulocken. Steine mit spiegelndem Funkel. Ein Ast war der Stift und ich ritzte die Fenster und Tore in den Bau. Das Dach träufelte ich aus meiner Faust.

Später, als ich mich auf Reisen wagte, was für mich heute noch nichts Selbstverständliches ist, das Meer sah ich wie meine beste Freundin zum ersten Mal mit dreizehn, besuchte ich Höhlen und entdeckte Säulen aus Tropfstein. Ihre quellende Form entsprach der Form meines einst geträufelten Daches. Der katalanische Architekt Gaudí holte seine Inspiration aus der Natur, ich aus dem Material, das mir zur Verfügung stand. Sand und Wasser. Blumen schmückten den Bau und sie hielten den Wettern stand. In meiner Fantasie war der Bau ein Hotel und ich sein Direktor. So wurde ich Souverän in eigener Person. Der Bau war bald verwittert und zerbröselt, war nicht auf, doch eben aus Sand gebaut, und das war gut so. Es soll ja etwas Neues kommen. Bücher sind Ziegel. Selbst ein echtes Sandbuch gibt es nur als Objekt in der Literatur, eine fließende Sprödigkeit, die man fühlen kann. Sie rieselt durch die Finger und die Brillen zerkratzen. Das Selbstporträt versteinert und zerfällt, als hätte es Medusa reproduziert. Wie verhält sich meine Außenwirkung nach innen? Wie oft ich wohl schon auf die arme Medusa angespielt habe, die mit einem geflügelten Pferd schwanger gewesen war?

Das menschliche Genom hat vier Buchstaben und man verläuft sich im Anagramm, sagt Peter. Auch dieser Satz ist ausgeborgt und in anderem Kontext bereits verwendet worden. Peter wirft uns ein rotes Wollknäuel zu und wir werfen es weiter, um die Verstrickung unserer Geschicke zu zeigen. Er verwandelt uns in Affen, damit wir als zukünftige Lebensberater das Leben von Anfang an besser verstehen.

Ich krieche nun mit zwanzig Erwachsenen auf allen vieren über den Boden des Schulungszentrums. Die frühmenschliche Erfahrung, vom WIR zum ICH zu kommen, soll jede, jeder, sollen wir alle nachvollziehen. Dazu brauchen wir einander. Außer MIR ist gleichbedeutend mit WIR. Wir schließen die Augen und werden ein anderer. Riechen und Hören sind angesagt. Wir sind Primaten und deshalb ist uns der sprachliche Ausdruck verboten. Die Selbsterfahrung verlangt zur Menschwerdung, sich in den Affen zurückzuverwandeln, es gibt keinen Spielverderber, so funktioniert es. Wir aktivieren neurobiologisch verankerte Urerfahrungen im Stamm- und Kleinhirn mit Symbolen. Peter holt mit uns die Evolution nach.

Da habe ich mich also auf die Psychoschiene begeben, um den Gewerbeschein für eine therapeutische Praxis zu erlangen, wo Worte Klärung bringen müssen, und nun sollen wir uns einem basalen Ausdruck aussetzen: Bitte grunzen!

Das Vokabular für Gefühle ist abstrakt, die Vernunft ist sprachmächtig. Bitte den Körper einsetzen! Der Boden ist Staub oder Schlamm und die Steppe ist Gras. Bitte wahrnehmen! Mit Händen und Füßen!

Die angehenden Lebensberater bilden eine Gruppe. Sie bellen und knurren, murren, fauchen, und selbst schnurren ist erlaubt. Den Rhythmus für Tänze und Musik gibt der Herzschlag vor, auf den wir hören sollen. Das Feuer ist noch nicht eingefangen, daher rotten sich die Lebensberater in größeren Gruppen zusammen, um sich vor wilden Tieren und deren schweren Schritten, die die Erde erbeben lassen, zu schützen. Der Urvater meiner Gruppe hat nichts zu lachen, ehrlich gesagt ist er verloren. Er kapiert nicht, dass ich Hunger habe, und knurrt mich ratlos an. Der Urvater, einer der wenigen Männer aus unserem Seminar, ist nur, weil er männlich ist, zum Urvater gestempelt worden. Ich kann auf seinen Grips nicht zählen und mache mich fort. Ich gehe also auf Jagd. Währenddessen macht der Urvater mit den anderen Urmüttern Kinder. Die kleine Horde aus Lebensberatern setzt sich zum Ziel, zur Population der ganzen Savanne an- und auszuwachsen. Mir ist fad in der Gruppe. Ich spiele Wache und bastle Geschenke. Es macht Spaß, Reaktionen zu erhalten, und man erhält sie, wenn man Geschenke macht. Es sind nur Blätter. Symbole der Uneigennützigkeit in der gruppendynamischen Evolution. Höhlenzeichnungen als Spur, geschenkte Nachrichten an die No-Future-Generation.

Am anderen Ende der Savanne haust ein weiterer Klan aus Lebensberatern. Ihr »Führer« ist im Leben ein stattlicher Mann, der im Privaten auf Selbsterfahrung angewiesen ist, um zu seinen wahren Bedürfnissen zu finden. Er kommt aus der Wirtschaft. Er springt herum und klopft sich auf die Brust. In echt sieht er herausgeputzt aus und erinnert an das Gesicht einer Menschen aufhetzenden Selbstdisziplin.

Immer bauen sich Analysen zu Analogien und dann zu Vorurteilen um. Ich kenne diesen Satz ganz genau! Als hätten einander ähnelnde Gesichter die gleiche Geschichte zu erzählen und kämen zu den gleichen Urteilen über die Schlüsse aus diesen. Ich gebe dem Affenmenschen eine Chance, denn ich bin misstrauisch mir selbst gegenüber. Ich trommle mir also auf die Brust und gehe über die Wiese auf die andere Horde zu. Ich bin von Natur aus neugierig. Der vitale Wirtschafter spielt seine Rolle, er hat Frauen

und sie wiegen Kinder. Die anderen Mitglieder rühren in einem Topf und dieser hängt über einer Feuerstelle. Es lodert und brodelt. Hier hat man das Feuer schon gefunden. Das interessiert mich.

Ich nehme ein Stück Holz und trage es hinüber. Ich winke damit. Es wird als Waffe gedeutet. Die Meute stürzt sich auf mich. Ich schenke es der wildesten Frau und sie hat Grips. Sie kapiert, dass das Stück Holz ein Geschenk ist, das Geschenk als Geschenk ist erkannt und sie freut sich. Sie murrt und schnurrt und streichelt gütig meine Schulter. Es wird ihr von den Kolleginnen weggenommen und dann weint sie. Zum Geschenk gehört auch die Beschenkte, das bleibt sie nur, wenn sie das Geschenk behalten darf. Dadurch kapieren die anderen, dass sie haben will, was ich ihr gegeben habe. Sie erkennen mich als einen Urfreund an, der etwas gebracht hat. Sie nehmen mich in ihren Kreis auf und führen mich zum Feuer, wo ich mit einer Rute herumstochere und eine Flamme entnehme. Ich habe vor, das Feuer meiner Sippe zu überbringen.

Geschrei und Gezeter toben plötzlich hinter mir. Meine Horde bricht den Frieden und will mich zurückholen. Sie erfassen nicht, dass ich freiwillig hier bin und ein Gast. Ich muss mich mit Händen und Füßen gegen die eigenen Sippenmitglieder wehren, ja sogar beißen, damit sie mich bei den Fremden lassen und diese nicht angreifen. Ich schaffe es, das Gemetzel zu verhindern, und richte die Neugier auf die wilde Frau. Sie hat Augen, dass ich Angst kriege. Ich sehe das Tier in ihr und weiß, ich habe es in mir. Diesen Satz kennen wir auch schon. Wir Wilden sind verspielte Geschöpfe. Wir rauben einander die Babys und laufen davon. Auch diesen Wahnsinn kennen wir schon. Das macht den »Führer« aufgebracht und er züchtigt uns und teilt die Strafe aus. Zur Verteidigung, die immer auf Aufklärung eines Missverständnisses beruht, bräuchte man Sprache. Wie entwickeln wir sie?

Ich nehme das Feuer, gehe weiter Richtung Osten, wo eine dritte Horde ihr Terrain hat. Der Mann ist sehr aggressiv, ein Bulle. Er mag mich nicht. Ich bin ihm zu theoretisch. Das war schon im Sesselkreis so. Ich weiß, dass er an seine Übermacht glaubt, er findet, dass Psychotiker sich nur ein bisschen anstrengen müssten, die Geister und Stimmen, die sie sehen und hören, als Dummheit zu erkennen. Die Beschimpfungen und Vernichtungen von Geistern und Stimmen kapiert er nicht. Er kapiert nicht, dass er von der Angst eines Kranken nichts kapiert. Dieser Lebensberater gehört ans Messer geliefert. Ich bekämpfe ihn, statt Umwege zu gehen. Ich will den direkten Zugang. Nähere mich aufgerichtet mit dem Feuer in der Hand auf seinen Tellerrand-Horizont zu. Wedle mit der Fackel.

Ihm geht aber kein Licht auf. Hinter seinem Rücken herrscht eine vertikale Hierarchie. Nicht mein Geschmack, aber interessant. Er ist der Boss und bis zum Knecht und der Knechtin ist alles durchstrukturiert wie in einer Betriebswirtschaft. Und in unserem Spiel erscheint die Möglichkeit für die Wirklichkeit, die Unterdrücker abzuschaffen.

Das Spiel war keine Utopie. Die älteste Frau entpuppte sich als gute Fee, die den Trottel zur Seite schob und mich in ihre Sippe mit meinem Feuer aufnahm. Auch diese Gruppe hatte noch kein Feuer, aber bereits Zeichnungen von der Sonne entwickelt. Noch keine Uhr, aber Strahlen mit einem Schattenzeiger. Oh ja! Auch nichts Neues! Ich wurde nun reich beschenkt: Ich war zutiefst beeindruckt von einer Kastanie. Genauer gesagt: der Kastanienschale mit Stacheln dran. Die Urfrauen hockten um mich und ich wurde gekämmt damit. Ich genoss es, nicht das Eitle, sondern das Verfeinernde als Element in der Natur zu entdecken. Ich nahm das Feuer und den Kamm und wollte zu meiner Horde zurück. Die hatten mich inzwischen längst vergessen. Ich wurde davongejagt wie eine Fremde, doch dann waren die armen Teufel vom Feuer bestochen und von der Kastanienschale als Kamm. Aber sie mochten mich nicht mehr, sie nahmen, was ich mitgebracht hatte, doch sie zeigten mir bis ans Ende des Spiels die kalte Schulter.

Dadurch wurde ein altes Gefühl wach, das mit Sippe zu tun hat, gegen die man sich gar nicht stellt, nur etwas Neues entdeckt – den Moment des Entfremdens.

Das Gefühl ausgestoßen zu sein ist grau, diffus und kocht. Das Gefühl ist ein Gebräu aus Wut und Trauer wegen der kalten Schulter. Sie bestürzt mich mit Lähmung durch Niedergeschlagenheit. Ich begreife, dass mein Dilemma aus Sprachlosigkeit bestehen bleibt. Ich stoße am Feuer meine Klage aus. Die Unmöglichkeit eines Dialogs führt aber zum Klang und damit Gehör zum Gehör. Ich kämpfe auf diese Weise um Worte und um die Liebe meiner Horde mit Geschenken und Lauten. Seltsam, dass dieses Gebräu sich dann verflüssigt und später, viel später, wir sind noch gar nicht zur Eiszeit gekommen, in die Buchkultur übergehen wird.

Unser Rotpeter sitzt wieder in der Mitte. Er sammelt unser neues Wissen und unsere Erkenntnisse ein. Wir sitzen im

Sesselkreissaal. Es gibt wirklich Grund zur Klage. Die Lebensberater sind mit dem Ausbildner unzufrieden. Wir sind nicht hier, um Orang-Utan zu spielen. Peter nickt bedächtig. Er verdient auch durch unsere Kritik an seiner Person. Die Lebensträume von der Lebensberatung stecken quasi im Urschleim. Ein Häufchen Elend ist unser Peter. Was hält ihn denn wirklich am Leben? Manche von uns geraten in Urwut und Urtrauer und wollen ihr Geld zurück. Die Geister und Dämonen sind giftiger Dampf. Bitte ausspucken! Bitte immer wieder ausspucken und die Masse erkalten lassen. Wut ist Kraft, sagt Peter. Man muss sie rauslassen. Ausrasten. Er ist deutlich ambivalent. Natur ist nicht Freiheit. Der Geist ist Freiheit. Sprengt den Käfig depravierter Kaltherzigkeit, sagt dieser Plagiator und wird persönlich. Immerhin bist du an der Arbeit durchs Wort. Peter beugt sich zu mir herab und schließt das Kapitel: Nicht jeder Affe hat es vermocht, so weit zu kommen.

Umschlaggestaltung: Christine Fischer
Umschlagmotiv: shutterstock.com/M.S.A Visual Co
Vorsatzmotiv: shutterstock.com/Alex Gontar
Satz und Typografie: Michèle Ganser
Druck: FINIDR, s.r.o.
Lektorat: Martina Schmidt
Gesamtherstellung: Leykam Buchverlag

www.leykamverlag.at
ISBN 978-3-7011-8252-7

Klimaneutral gedruckt mit freundlicher Unterstützung durch die Kulturabteilung der Stadt Wien und das Land Kärnten.

FSC www.fsc.org MIX Aus verantwortungsvollen Quellen FSC® C014138

Stadt Wien

LAND KÄRNTEN Kultur